– AUSGETRÄUMT –

Charles Bukowski

Ausgeträumt

Roman

Deutsch von Carl Weissner

Kiepenheuer & Witsch

1. Auflage 1995

Titel der amerikanischen Originalausgabe *Pulp*
Black Sparrow Press, Santa Rosa 1994

Deutsch von Carl Weissner

Umschlaggestaltung Silke Niehaus, Düsseldorf
Satz Fotosatz Froitzheim, Bonn
Druck und Bindearbeiten Bercker Graphische Betriebe, Kevelaer
ISBN 3-462-02402-7

1

Ich saß in meinem Büro. Der Mietvertrag war abgelaufen, und McKelvey drohte bereits mit einer Räumungsklage. Es war ein höllisch heißer Tag, und die Klimaanlage ging nicht mehr. Eine Fliege krabbelte über die Schreibtischplatte. Ich machte den Arm lang und schickte sie mit der flachen Hand ins Jenseits. Als ich mir die Hand am rechten Hosenbein abwischte, schrillte das Telefon.

Ich nahm ab. »Äh, ja.«

»Lesen Sie Céline?« fragte eine weibliche Stimme. Sie klang sehr sexy. Ich fühlte mich schon lange einsam. Seit Jahrzehnten.

»Céline«, sagte ich. »Hmm . . .«

»Ich will Céline«, sagte sie. »Ich muß ihn haben.«

So was von sexy, diese Stimme. Sie setzte mir richtig zu.

»Céline«, sagte ich. »Gehts nicht 'n bißchen ausführlicher? Erzählen Sie mal. Sagen Sie mir was . . .«

»Ziehn Sie Ihren Reißverschluß hoch«, sagte sie.

»Wie haben Sie das erraten?«

»Spielt jetzt keine Rolle. Ich will Céline.«

»Céline ist tot.«

»Ist er nicht. Suchen Sie ihn. Ich will ihn haben.«

»Vielleicht finde ich nur noch sein Skelett.«

»Sie Idiot! Er lebt noch!«

»Wo?«

»In Hollywood. Ich höre, er kreuzt ab und zu in der Buchhandlung von Red Koldowsky auf.«

»Dann können Sie ihn doch selber finden.«

»Nein, ich will erst mal wissen, ob es der richtige Céline ist. Ich muß ganz sicher sein.«

»Aber wieso kommen Sie da zu mir? In der Stadt gibts hundert Privatdetektive.«

»John Barton hat Sie empfohlen.«
»Ach so, Barton. Tja, passen Sie auf, ich brauche zunächst mal einen Vorschuß. Und ich muß Sie persönlich kennenlernen.«
»Ich bin in ein paar Minuten da«, sagte sie.
Sie legte auf. Ich zog meinen Reißverschluß hoch.
Und wartete.

2

Sie kam rein.
Also ich will's mal so sagen: Es war einfach nicht fair. Ihr Kleid spannte so stark, daß es fast aus den Nähten platzte. Paar Gläser Schoko-Malz zuviel. Und sie ging auf Absätzen, die so hoch waren, daß sie wie kleine Stelzen aussahen. Sie hatte einen Gang wie ein besoffener Krüppel. Sie stolperte mit ihrem gloriosen fleischlichen Ballast durchs Zimmer, daß einem schwindelig wurde.
»Nehmen Sie Platz«, sagte ich.
Sie parkte ihren Körper und schlug die Beine übereinander. Hoch. Mir fielen fast die Augen raus.
»Schön, Sie zu sehn, Lady«, sagte ich.
»Starren Sie mich nicht so an. Ist nichts, was Sie nicht schon gesehen haben.«
»Da irren Sie sich. Darf ich jetzt Ihren Namen erfahren?«
»Lady Death.«
»Lady Death? Sind Sie beim Zirkus? Beim Film?«
»Nein.«
»Wo geboren?«
»Tut nichts zur Sache.«

»Geburtsort?«
»Kommen Sie mir nicht auf die komische Tour.«
»Ich versuch mir nur ein Bild zu machen . . .«
Ich verlor irgendwie den Faden. Mein Blick wanderte an ihren Beinen hoch. Für Beine hatte ich schon immer eine Schwäche. Es war das erste, was ich gesehen hatte, als ich geboren wurde. Aber damals versuchte ich rauszukommen. Seither arbeitete ich in die andere Richtung. Und hatte elendes Pech dabei.
Sie schnalzte mit den Fingern.
»He, wachen Sie auf!«
»Hnn?« Ich schaute hoch.
»Der Fall Céline. Erinnern Sie sich?«
»Oh. Klar.«
Ich bog eine Büroklammer auseinander und legte damit auf sie an.
»Ich bräuchte erst mal einen Scheck für meine Bemühungen.«
»Selbstverständlich.« Sie lächelte. »Was nehmen Sie?«
»Sechs Dollar die Stunde.«
Sie zückte ihr Scheckheft, kritzelte was, riß den Scheck raus und warf ihn mir hin. Er landete auf dem Schreibtisch. Ich nahm ihn. 240 Dollar. Soviel Geld hatte ich nicht mehr gesehen, seit ich 1988 in Hollywood Park eine Exacta-Wette gewonnen hatte.
»Danke, Lady . . .«
». . . Death.«
»Ja«, sagte ich. »Also, dann erzählen Sie mal ein bißchen von diesem angeblichen Céline. Sie sagten was von einer Buchhandlung . . .«
»Na ja, er läßt sich manchmal in Reds Buchhandlung blikken. Sieht die Regale durch. Erkundigt sich nach Faulkner, Carson McCullers. Charles Manson . . .«
»Treibt sich in der Buchhandlung rum, wie? Hmm . . .«

»Ja. Sie kennen ja Red. Er hat die Angewohnheit, seine Kunden zu verscheuchen. Man kann tausend Dollar bei ihm ausgeben, aber wenn man sich zwei Minuten zu lange aufhält, sagt er prompt: ›Verdammt, warum verschwinden Sie nicht endlich?‹ Red ist ganz in Ordnung, nur ein bißchen eigen. Jedenfalls wirft er Céline dauernd raus, und der geht rüber zu Musso's, und dort sitzt er dann an der Bar und läßt den Kopf hängen. Am nächsten oder übernächsten Tag kommt er zurück, und dasselbe passiert wieder.«
»Céline ist tot. Céline und Hemingway waren einen Tag auseinander, als sie gestorben sind. Vor zweiunddreißig Jahren.«
»Das mit Hemingway weiß ich selber. Den hab ich mir gegriffen.«
»Sind Sie sicher, daß er es war?«
»Oh ja.«
»Warum sind Sie dann nicht sicher, daß dieser Céline der richtige ist?«
»Ich weiß nicht. Irgendwie hab ich damit Schwierigkeiten. Das ist mir noch nie passiert. Vielleicht mache ich es schon zu lange. Deshalb komme ich zu Ihnen. Barton sagt, Sie sind gut.«
»Sie glauben also, der richtige Céline lebt noch. Und Sie wollen ihn.«
»Und zwar sehr, Buster.«
»Belane. Nick Belane.«
»Na schön. Belane. Ich will auf Nummer Sicher gehn. Es muß der richtige Céline sein, nicht irgendein falscher Fuffziger. Es gibt zu viele von der Sorte.«
»Wem sagen Sie das.«
»Na, dann mal los. Ich will den größten Schriftsteller Frankreichs. Ich hab lange genug gewartet.«
Sie stand auf und ging. So einen Hintern hatte ich noch nicht erlebt. Unvorstellbar. Jenseitig. Stört mich jetzt nicht. Ich will drüber nachdenken.

3

Am nächsten Tag.
Ich sagte den Vortrag ab, den ich vor der Handelskammer von Palm Springs halten sollte.
Es regnete. Durch die Decke. Die Tropfen fielen von der Decke und machten *spat, spat, spat, a-spat a-spat, spat, spat, spat, a-spat, spat, spat, a-spat, a-spat, a-spat, spat, spat, spat ...*
Der Sake hielt mich warm. Aber als was? Eine warme Null. Ich war 55 und besaß nicht mal einen Pott, in dem ich Regenwasser auffangen konnte. Mein Vater hatte mir angedroht, daß ich mal auf der Veranda eines Fremden in Arkansas enden und mir einen abzittern würde. Das ließ sich immer noch machen. Die Greyhound-Busse fuhren jeden Tag. Aber in Überlandbussen kriegte ich immer Verstopfung, und es saß unweigerlich irgendein alter Union Jack drin, der einen ranzigen Bart hatte und schnarchte. Vielleicht war es besser, an dem Fall Céline zu arbeiten.
War es der richtige Céline, oder war es ein anderer? Manchmal hatte ich das Gefühl, daß ich selbst nicht wußte, wer ich war. Na gut, ich bin Nick Belane. Aber es könnte ohne weiteres passieren, daß jemand ruft »Hey, Harry! Harry Martel!«, und ich würde wahrscheinlich antworten »Ja, was ist?« Ich meine, ich könnte sonstwer sein. Aber was soll's? Was ist schon ein Name.
Komisch, wie's im Leben so geht, nicht? Wenn sie in der Sportstunde die Baseball-Mannschaft aufstellten, kam ich immer als letzter dran. Weil sie wußten, daß ich den verdammten Ball bis Denver donnern konnte. Diese Luschen. Waren doch bloß neidisch.
Ich war begabt. Ich *bin* begabt. Manchmal seh ich meine Hände an und sage mir: Aus dir hätte ein großer Pianist oder

so was werden können. Aber was hab ich mit meinen Händen gemacht? Mich am Sack gekratzt, Schecks ausgestellt, Schnürsenkel gebunden, Klosettspülungen betätigt, usw. Ich habe mit meinen Händen nichts angefangen. Und mit meinem Kopf auch nicht.
Da saß ich nun im Regen.
Das Telefon klingelte. Ich wischte den Hörer mit einer Mahnung vom Finanzamt trocken und nahm ihn ab.
»Nick Belane«, sagte ich. Oder war ich Harry Martel?
»Hier ist John Barton«, sagte eine Stimme.
»Ja. Sie haben mich empfohlen. Vielen Dank.«
»Sie sind mir aufgefallen. Sie haben Talent. Ein bißchen ungeschliffen, aber das hat auch seinen Reiz.«
»Freut mich zu hören. Der Laden läuft nicht so gut.«
»Ich habe Sie beobachtet. Sie werden es schaffen. Sie müssen nur dranbleiben.«
»Mhm. Und was kann ich für Sie tun, Mr. Barton?«
»Ich suche den Red Sparrow.«
»Red Sparrow? Was'n das?«
»Ich weiß, daß es ihn gibt. Ich will ihn finden. Ich möchte, daß Sie ihn für mich suchen.«
»Irgendwelche Anhaltspunkte?«
»Nein, aber ich weiß, daß er irgendwo da draußen ist.«
»Er hat nicht zufällig einen Namen, oder?«
»Wieso?«
»Ich meine einen *Namen.* So was wie Henry. Oder Abner. Oder Céline?«
»Nein, einfach Red Sparrow. Ich weiß, daß Sie ihn finden können. Ich verlasse mich auf Sie.«
»Das wird Sie einiges kosten, Mr. Barton.«
»Wenn Sie den Red Sparrow finden, gebe ich Ihnen hundert Dollar im Monat – auf Lebenszeit.«
»Hm. Sagen Sie, wie wärs, wenn Sie mir alles auf einmal geben?«

»Nein, Nick. Sie würden es nur auf der Rennbahn verspielen.«
»Na schön, Mr. Barton. Geben Sie mir Ihre Telefonnummer, dann mach ich mich an die Arbeit.«
Barton gab mir seine Nummer. »Sie haben mein volles Vertrauen, Belane«, sagte er. Und legte auf.
Na, das ließ sich doch ganz gut an. Aber von der Decke tropfte es stärker denn je. Ich schüttelte ein paar Tropfen ab, trank einen Schluck Sake, drehte mir eine Zigarette, steckte sie an, machte einen Lungenzug und bekam einen Hustenanfall. Ich setzte meinen braunen Derby auf. Stellte den Anrufbeantworter an. Schlurfte zur Tür.
Als ich sie aufmachte, stand McKelvey da. Er hatte einen gewaltigen Brustkasten und sah aus, als würde er Schulterpolster tragen.
»Dein Mietvertrag ist abgelaufen, du Strolch!« blaffte er. »Ich will deinen toten Arsch hier raushaben!«
Jetzt fiel mir sein Wanst auf. Ein wabbeliger, toter Wulst Scheiße. Ich drosch ihm die Faust rein. Er knickte ein, und sein Gesicht traf sich auf halbem Weg mit meinem Knie. Er taumelte seitwärts und fiel um. Ein schauerlicher Anblick. Ich machte einen Schritt und zog ihm die Brieftasche raus. Fotos von Kindern in pornographischen Stellungen.
Am liebsten hätte ich ihn erledigt. Statt dessen nahm ich seine goldene Visa-Karte, trat ihn in den Arsch und nahm den Lift nach unten.
Ich beschloß, zu Fuß zu Reds Buchhandlung zu gehen. Wenn ich mit dem Auto fuhr, bekam ich jedesmal einen Strafzettel. Und die bewachten Parkplätze kosteten mehr, als ich mir leisten konnte.
Unterwegs kamen mir trübsinnige Gedanken. Wozu war der Mensch auf der Welt? Zum Sterben. Und was hieß das? Rumhängen und warten. Warten auf den Glückstreffer. Warten auf ein Paar dralle Titten in einem Hotelzimmer in

Las Vegas an einem Abend im August. Warten, daß die Maus ein Lied singt. Warten, daß der Schlange Flügel wachsen. Rumhängen.
Red hatte offen.
»Du hast Glück«, sagte er. »Hast grade den Süffel Chinaski verpaßt. Er war da und hat mit seiner neuen Briefwaage von Pelouze angegeben.«
»Verschon mich damit«, sagte ich. »Hast du ein signiertes Exemplar von Faulkners *As I Lay Dying?*«
»Klar.«
»Kostenpunkt?«
»2 800 Dollar.«
»Muß ich mir noch überlegen . . .«
»Entschuldige mal«, sagte Red und wandte sich an einen Kunden, der in einer Erstausgabe von *You Can't Go Home Again* blätterte.
»Tun Sie das Buch wieder in die Vitrine und machen Sie, daß Sie rauskommen!«
Der Bursche war klein und gebeugt und machte einen gebrechlichen Eindruck. Er steckte in einem gelben Overall, der aus Gummi zu sein schien.
Er stellte das Buch zurück und ging mit umflortem Blick an uns vorbei zum Ausgang. Der Regen hatte aufgehört. Jetzt hatte er auch von seiner Gummikluft nichts mehr.
Red sah mich an.
»Manche kommen hier rein mit nem Softeis in der Hand und tropfen mir alles voll – kannst du dir das vorstellen?«
»Ich kann mir noch Schlimmeres vorstellen.«
Erst jetzt merkte ich, daß noch jemand im Laden war. Er stand weiter hinten. Ich hatte mal Fotos von einem gesehen, der genauso aussah. Céline. Céline?
Ich ging langsam zu ihm nach hinten. Als ich nahe genug ran war, konnte ich sehen, was er las. Thomas Mann. *Der Zauberberg.*

»Der hier hat ein Problem«, sagte er und hielt das Buch hoch.
»Und zwar?«
»Er hält Langeweile für Kunst.«
Er stellte das Buch zurück, und dann stand er einfach da und sah wie Céline aus.
Ich musterte ihn.
»Ist ja nicht zu fassen«, sagte ich.
»Was denn?«
»Ich hab gedacht, Sie sind tot«, sagte ich.
Er sah an mir runter.
»Das habe ich von Ihnen auch gedacht«, sagte er.
Wir standen da und starrten einander an.
Dann hörte ich Red.
»He! Jetzt aber raus!« schrie er.
Wir waren die einzigen Kunden im Laden.
»Wen von uns zweien meinst du?« fragte ich.
»Den, der aussieht wie Céline! Raus hier!«
»Warum denn?«
»Ich merk es einem an, wenn er nix kaufen will!«
Céline, oder wer immer es war, ging zur Tür. Ich folgte ihm nach draußen.
Er ging zum Boulevard rauf. Vor dem Zeitungskiosk blieb er stehen.
Das Ding gab es schon so lange, wie ich zurückdenken konnte. Ich erinnerte mich, wie ich mal vor zwanzig oder dreißig Jahren mit drei Nutten davorgestanden hatte. Ich hatte die drei mit nach Hause genommen, und eine hatte meinen Hund gewichst. Sie fanden das urkomisch. Sie waren vollgedröhnt mit Tabletten und Alkohol. Die eine ging aufs Klo und stolperte, schlug sich den Kopf an der Kloschüssel auf und blutete alles voll. Ich brauchte mehrere nasse Handtücher, bis ich das Zeug aufgewischt hatte. Ich brachte sie zu Bett und saß mit den anderen herum, bis sie schließlich gingen. Die im Bett blieb vier Tage und Nächte da, trank mir

mein ganzes Bier weg und erzählte mir von ihren zwei Kindern in East Kansas City.

Céline – falls er es war – stand am Kiosk und sah eine Zeitschrift durch. Im Näherkommen stellte ich fest, daß es der *New Yorker* war. Er steckte das Heft in den Aushang zurück und sah mich an.

»Die haben alle dasselbe Problem«, sagte er.

»Nämlich?«

»Sie können nicht schreiben. Kein einziger von ihnen.«

In diesem Augenblick kam ein Taxi vorbei.

»He!« schrie Céline. »Taxi!«

Das Taxi hielt, er rannte hin, die hintere Tür ging auf, und er sprang rein.

»He!« rief ich ihm nach. »Ich muß Sie was fragen!«

Das Taxi beschleunigte und fuhr Richtung Hollywood Boulevard. Céline hielt den Arm raus und zeigte mir den Finger. Dann war er verschwunden.

Es war das erste Mal seit Jahrzehnten, daß ich in dieser Gegend ein Taxi gesehen hatte. Ein freies, meine ich, das einfach so langschaukelte.

Na, der Regen hatte aufgehört, aber der dumpfe Schmerz nicht. Außerdem war es empfindlich kühl geworden, und alles roch nach nassen Fürzen.

Ich zog die Schultern hoch und ging zu Musso's Restaurant. Ich hatte eine goldene Visa-Karte und war noch am Leben. Vielleicht. Fühlte mich sogar ein bißchen wie Nicky Belane. Ich summte eine kleine Melodie von Eric Coates.

Wer sich das Leben zur Hölle macht, ist selber schuld.

4

Ich schlug Céline im Lexikon nach. 1894–1961. Wir hatten 1993. Wenn er noch lebte, war er jetzt neunundneunzig. Kein Wunder, daß Lady Death hinter ihm her war.
Der Bursche in der Buchhandlung hatte nach Mitte vierzig ausgesehen. Na bitte. Er war also nicht Céline. Oder hatte er vielleicht eine Methode gefunden, wie man dem Altern ein Schnippchen schlägt? Man braucht sich ja nur die Filmstars anzusehen. Sie lassen sich Haut vom Arsch ins Gesicht verpflanzen. Die Haut am Arsch braucht am längsten, bis sie runzelt. Im reiferen Alter laufen sie dann alle mit Arschgesichtern rum. Würde Céline so etwas machen? Wer möchte schon neunundneunzig werden? Nur ein Idiot. Warum sollte Céline noch Zeit schinden wollen? War doch alles verrückt. Lady Death hatte einen Stich. Ich hatte einen Stich. Die Piloten der Fluggesellschaften hatten einen Stich. Sieh dir nie den Piloten an. Geh einfach an Bord und fang an, Drinks zu ordern.
Ich sah zwei Fliegen beim Ficken zu. Dann beschloß ich, Lady Death anzurufen. Ich zog mir den Reißverschluß auf und wartete auf ihre Stimme.
Da kam sie auch schon. »Hallo?«
»Ummm . . .«, machte ich.
»Wie? Ach, Sie sind's, Belane. Kommen Sie mit dem Fall voran?
»Céline ist tot. Er war Jahrgang 1894.«
»Die Daten weiß ich selber, Belane. Hören Sie – ich weiß, daß er noch irgendwo lebt. Und der Kerl in der Buchhandlung, das könnte er sein. Haben Sie schon was rausgekriegt? Ich will ihn. Ich muß ihn haben.«
»Ummm . . .«
»Machen Sie Ihren Hosenlatz zu!«

»Hm?«
»Den Hosenlatz, hab ich gesagt, Sie Idiot!«
»Oh . . . na ja . . .«
»Ich will einen klaren Beweis – entweder er ist es, oder er ist es nicht. Ich hab Ihnen ja gesagt, daß ich in diesem Fall ein paar Schwierigkeiten habe. Barton hat Sie mir empfohlen. Er sagte, Sie wären einer der besten.«
»Ach ja, für Barton arbeite ich inzwischen auch an was. Es geht um einen Red Sparrow – was halten Sie davon?«
»Hören Sie, Belane, wenn Sie den Fall Céline lösen, *sage* ich Ihnen, wo der Red Sparrow ist.«
»Ah ja? Ach, Lady, für Sie würd ich sonstwas tun!«
»Zum Beispiel?«
»Na, für Sie würde ich meine Lieblingskakerlake killen. Ich würde meine Mutter mit dem Gürtel verdreschen, wenn sie noch leben würde. Ich . . .«
»Hören Sie auf mit dem Gefasel! Langsam glaube ich, Barton hat mir da einen Floh ins Ohr gesetzt. Also sehn Sie ja zu, daß Sie vorankommen. Entweder Sie liefern Resultate in Sachen Céline, oder *Sie* sind dran!«
»Hey, Moment mal, Lady!«
Die Leitung war tot. Ich ließ den Hörer auf die Gabel fallen. Au, au. Wenn es darum ging, mir zuzusetzen, hatte sie überhaupt keine Schwierigkeiten.
Also an die Arbeit.
Ich sah mich grade nach einer Fliege um, die ich plätten konnte, da flog die Tür auf, und McKelvey erschien. Er hatte einen enormen Misthaufen von Blödian dabei.
McKelvey sah mich an und wies mit einer Kopfbewegung auf das Ungetüm.
»Das ist Tommy.«
Tommy stierte mich mit seinen kleinen trüben Augen an.
»Freu mich, Sie kenn'zulern'«, sagte er.
Ein gräßliches Grinsen erschien auf McKelveys Gesicht.

»Also, Belane. Tommy freut sich auf dich, und zwar aus einem einzigen Grund – weil er dich zu blutiger Hühnerscheiße zermatschen wird. Richtig, Tommy?«
»Mhm«, sagte Tommy.
Ich schätzte ihn auf 175 Kilo. Na ja, wenn man ihm die Pelzmatte abrasierte, kriegte man ihn vielleicht auf 165 runter.
Ich beehrte ihn mit einem gewinnenden Lächeln.
»Schau her, Tommy, du kennst mich doch gar nicht, oder?«
»Nee.«
»Wieso willst du mir dann was tun?«
»Weil's mir Mr. McKelvey gesagt hat.«
»Tommy. Wenn dir Mr. McKelvey sagt, du sollst dein Pipi trinken, tust du's dann auch?«
»Hey«, sagte McKelvey, »bring mir meinen Boy nicht aus'm Konzept!«
»Tommy, würdest du deiner Mutter ihre Kacke essen, bloß weil's Mr. McKelvey will?«
»Hä?«
»Schnauze, Belane! *Ich* besorge hier das Reden!«
Er wandte sich an Tommy. »Also, du nimmst mir den Kerl auseinander wie ne alte Zeitung. Du reißt ihn in Fetzen, und die Fetzen schmeißt du in den Wind – ist das klar?«
»Is klar, Mr. McKelvey.«
»Na, auf was wartest du dann noch? Daß die letzte Rose verblüht oder was?!«
Tommy ging auf mich zu. Ich nahm die Luger aus der Schublade und richtete sie auf seinen ekelhaften Wanst.
»Bleib stehn, Thomas, oder du bist gleich doppelt so rot wie die Kluft vom Stanford Football-Team.«
»He, wie kommst du zu dem verdammten Ding da?« wollte McKelvey wissen.
»Ein Schnüffler ohne Knarre ist wie ein kastrierter Kater. Oder ne Uhr ohne Zeiger.«
»Belane«, sagte McKelvey, »du redest Stuß.«

»Hat man mir schon öfter gesagt. Jetzt sag deinem Boy, er soll 'n Rückzieher machen, oder er kriegt 'n Loch rein, durch das du ne Grapefruit schmeißen kannst.«

»Tommy«, sagte McKelvey, »komm her und stell dich vor mich.«

Da standen sie nun. Ich mußte mir was einfallen lassen. Das war nicht leicht. Ich hatte nie ein Oxford-Stipendium bekommen. Ich hatte den Biologieunterricht verschlafen, und in Mathe war ich immer schwach gewesen. Aber ich hatte es geschafft, am Leben zu bleiben. Bis jetzt.

Vielleicht.

Na schön, ich hatte in diesem gezinkten Spiel sozusagen ein As im Ärmel. Jetzt mußte ich den nächsten Schritt machen. Jetzt oder nie. Es ging schon auf September zu. Die Krähen versammelten sich bereits. Die Sonne blutete.

»Also, Tommy«, sagte ich, »runter auf Hände und Knie! Los!«

Er sah mich an, als wäre er schwerhörig.

Ich setzte ein dünnes Lächeln auf und entsicherte die Luger.

Tommy war doof, aber er war nicht blöd.

Er ließ sich auf Hände und Knie plumpsen, und das ganze fünfte Stockwerk erzitterte wie bei einem Erdbeben der Stärke 5,9. Mein gefälschter Dalí fiel von der Wand. Der mit der geschmolzenen Uhr.

Tommy sah zu mir hoch. Eine unförmige Masse, wuchtig wie der Grand Canyon.

»So«, sagte ich, »du bist jetzt der Elefant, und McKelvey ist der Elefantenboy – kapiert?«

»Hä?«

Ich warf McKelvey einen Blick zu.

»Los, mach schon! Steig auf!«

»Spinnst du, Belane?«

»Wer weiß. Wahnsinn ist relativ. Wer bestimmt, was die Norm ist?«

»Weiß ich doch nicht«, sagte McKelvey.
»Steig endlich auf!«
»Schon gut, schon gut. Aber so'n Zoff hat mir bis jetzt noch keiner gemacht, wenn sein Mietvertrag abgelaufen war.«
»Rauf mit dir, du Arschloch.«
McKelvey kletterte auf Tommys Rücken. Hatte große Mühe, das rechte Bein drüberzukriegen. Riß sich fast den Arsch auf.
»Gut«, sagte ich. »Also, Tommy, du bist der Elefant, und du trägst McKelvey auf dem Buckel den Flur runter und in den Fahrstuhl rein. Auf gehts.«
Tommy kroch in Richtung Tür.
»Belane«, sagte McKelvey, »das wirst du mir büßen. Ich schwör's beim Schamhaar meiner Mutter.«
»Wenn du dich nochmal mit mir anlegst, McKelvey, stopf ich dir den Schwanz in den Müllschlucker.«
Ich machte die Tür auf, und Tommy kroch mit seinem Elefantenboy den Flur runter. Als ich die Luger einsteckte, knisterte etwas in der Innentasche meiner Jacke. Ein zerknülltes Stück Papier. Ich nahm es heraus. Es war das Ergebnis der Theorieprüfung, die ich hatte ablegen müssen, um meinen Führerschein verlängert zu kriegen. Das Blatt war voll von roten Strichen. Ich hatte nicht bestanden.
Ich zerknüllte es, warf es über die Schulter und folgte meinen beiden Freunden. Als wir am Lift waren, drückte ich auf den Knopf.
Ich summte was aus »Carmen«, und urplötzlich fiel mir etwas ein, das ich vor langer Zeit mal in der Zeitung gelesen hatte. Es war um Jimmy Foxx gegangen, den man tot in einer billigen Absteige aufgefunden hatte. Nach all den Home-Runs. Eine Leiche zwischen Kakerlaken.
Der Lift kam, und als die Tür aufging, gab ich Tommy einen Tritt. Er kroch mit McKelvey auf dem Rücken rein. Drei Leute standen drin und lasen Zeitung.

Sie lasen weiter. Der Lift fuhr abwärts.
Ich nahm die Treppe. Ich hatte fünfzehn Kilo Übergewicht und brauchte Bewegung.
Ich zählte 176 Stufen, dann war ich unten. Am Zigarettenstand neben dem Eingang besorgte ich mir eine Zigarre und die Turfzeitung. Hinter mir hörte ich den Fahrstuhl.
Ich ging zielstrebig durch den Smog. Meine Augen waren blau, und meine Schuhe waren alt, und niemand liebte mich. Aber ich hatte was zu tun.
Ich war Nicky Belane. Privatdetektiv.

5

Dummerweise landete ich am Nachmittag bei den Pferderennen, und am Abend betrank ich mich. Trotzdem war es keine verplemperte Zeit: Ich strengte meinen Grips an und sortierte die Fakten. Ich war voll drauf. Jeden Augenblick würde ich alles auf der Reihe haben. Klar.

6

Am nächsten Tag, risikofreudig wie ich bin, ging ich wieder in mein Büro. Was ist schließlich ein Schnüffler ohne Büro?
Ich stieß die Tür auf – und wer saß hinter meinem Schreibtisch? Nicht Céline. Nicht der Red Sparrow. McKelvey.

»Guten Morgen, Belane«, sagte er mit einem süßlichen, verlogenen Lächeln. »Alles im Sack?«
»Warum fragst du? Willst du mir vielleicht dran?«
»Nee danke.«
Dann kratzte er sich an *seinem.* Und gähnte.
»Tja, Nicky, mein Junge ... irgendein mysteriöser Wohltäter hat deine Miete für ein Jahr im voraus bezahlt.«
Lady Death, sagte eine Stimme in meinem Kopf. Sie treibt ihre Spielchen mit dir.
»Jemand, den ich kenne?« fragte ich.
»Ich hab bei der Ehre meiner Mutter geschworen, daß ich's für mich behalte.«
»Bei der Ehre deiner Mutter? Die hat schon mehr Truthahnhälse eingetütet als der Metzger an der Ecke.«
McKelvey stemmte sich hoch.
»Beherrsch dich«, sagte ich, »oder ich mach dich zur Schnecke.«
»Reit ja nicht auf meiner Mutter rum!«
»Wieso nicht? Die Hälfte aller Kerle in der Stadt hats schon gemacht.«
McKelvey kam hinterm Schreibtisch vor.
»Noch einen Schritt«, sagte ich, »und du kriegst nur noch Luft durch den Arsch.«
Er blieb stehen. Ich bin zum Fürchten, wenn ich sauer bin.
»Also«, sagte ich, »dann mal raus damit. Dieser Wohltäter – es ist ne Frau, hab ich recht?«
»Ja. Ja. So was Heißes hab ich noch nie gesehn.«
Er hatte einen glasigen Blick. Aber den hat er ja immer.
»Weiter, Mac. Komm schon, laß hören ...«
»Ich kann nicht. Ich habs versprochen. Bei der Ehre meiner Mutter.«
»Ach, Mensch«, seufzte ich. »Na schön, dann verschwinde. Meine Miete ist bezahlt.«

McKelvey schob sich langsam in Richtung Tür. Er blieb stehen und sah über die linke Schulter nach hinten.
»Meinetwegen«, sagte er, »aber mach hier keinen Ärger. Keine Feten, kein Zocken, kein Zoff. Ein Jahr hast du noch.«
Er machte die Tür auf und hinter sich zu, und weg war er.

7

Na schön, mein Büro hatte ich wieder.
Zeit, an die Arbeit zu gehn. Ich griff zum Telefon und rief meinen Buchmacher an.
»Tony's Pizza Take-Out«, meldete er sich.
Ich nannte meinen Codenamen. »Hier ist Mr. Slow Death.«
»Belane«, sagte er, »ich kann keine Wette von dir annehmen. Du schuldest mir 475 Dollar. Die mußt du erst mal berappen.«
»Ich hab ne 25-Dollar-Wette, das macht den halben Tausender voll. Wenn ich verliere, kriegst du alles auf einmal. Bei der Ehre meiner Mutter.«
»Deine Mutter schuldet mir auch schon zweihundertdreißig.«
»Ah ja? Und deine Mutter hat Warzen am Arsch!«
»Was?! Hör mal, Belane, hast du sie etwa . . .?«
»Nein, nein. Das war ein anderer. Er hats mir erzählt.«
»Ach so.«
»Also. Fünfundzwanzig auf den Sieg von *Burnt Butterfly* im sechsten Rennen.«
»Is gut. Gebongt. Und viel Glück. Du kannst es brauchen.«

Ich legte auf. Verdammt nochmal, für jeden Zentimeter, den man vorankommen wollte, mußte man strampeln. Geboren zum Strampeln. Geboren zum Sterben.
Ich kam ins Grübeln. Und Sinnieren.
Dann lehnte ich mich in meinem Drehstuhl zurück, paffte an meiner Zigarette und blies einen fast perfekten Rauchring.

8

Nach dem Lunch beschloß ich, zurück ins Büro zu gehen. Als ich reinkam, saß jemand hinter meinen Schreibtisch. Es war nicht McKelvey. Ich kannte den Kerl nicht. Manchen gefiel es einfach hinter meinem Schreibtisch. Außer dem Kerl, der saß, gab es noch einen, der stand. Sie wirkten ganz gelassen. Aber gemein.
»Ich heiße Dante«, sagte der hinter dem Schreibtisch.
»Und ich heiße Fante«, sagte der, der stand.
Ich sagte nichts. Ich tappte im dunkeln. Ein kalter Hauch raste mir am Rücken hoch und zischte oben durch die Decke.
»Wir kommen von Tony«, sagte der, der saß.
»Ich kenne keinen Tony. Habt ihr auch die richtige Adresse?«
»Oh ja«, sagte der, der stand.
Dann sagte Dante: *»Burnt Butterfly* hat verstolpert.«
»Hat den Jockey schon nach den ersten Metern abgeworfen«, ergänzte Fante.
»Erzähl kein' Scheiß.«
»Ist kein Scheiß. Frag den Staub.«

»Mit deinem Pferdeverstand isses nicht weit her«, sagte Dante.
»Und Tony sagt, du schuldest uns 'n halben Tausender«, sagte Fante.
»Ach, das«, sagte ich. »Das hab ich schon beisammen ...«
Ich machte einen Schritt auf meinen Schreibtisch zu.
»Vergiß es, du Verlierer«, sagte Dante und lachte. »Deine Wasserpistole ham wir schon beschlagnahmt.«
Ich machte einen Rückzieher.
»Du kannst dir denken«, sagte Fante, »daß wir dich nicht in aller Seelenruhe rumlaufen und Sauerstoff tanken lassen, solang du Tony 'n halben Tausender schuldest.«
»Gebt mir drei Tage ...«
»Du hast drei Minuten«, sagte Dante.
»Wie kommt es«, fragte ich, »daß ihr euch beim Reden immer abwechselt? Erst Dante, dann Fante, und so weiter. Kommt ihr nie aus dem Takt?«
»Nee, aber du gleich.« Sie sagten es unisono.
»Das war gut«, sagte ich. »Ein Duett. Hat mir gefallen.«
»Klappe«, sagte Dante. Er steckte sich eine Zigarette zwischen die Lippen. »Hm, ich hab anscheinend mein Feuerzeug vergessen. Komm her, du Affenarsch, und gib mir Feuer.«
»›Affenarsch‹? Redest du mit dir selber?«
»Nee, mit dir, Arschloch! Los, gib mir Feuer!«
»Aber gern«, sagte ich. »Nichts leichter als das.«
Ich tastete nach meinem Feuerzeug, machte ein paar Schritte und blieb stehen vor einem der häßlichsten Gesichter, die ich je gesehen hatte. Ich knipste die Flamme an und hielt sie an seinen Glimmstengel.
»Brav«, sagte Dante. »Jetzt nimm mir die Zigarette aus dem Mund und steck sie dir verkehrt rum in deinen. Und raus nimmst du sie erst wieder, wenn ichs dir sage.«
»A-ah«, sagte ich.

»Entweder das«, sagte Fante, »oder wir machen dir ein Loch rein, durch das die Zwerge aus Disneyland Ringelreihen tanzen können.«

»Moment mal ...«

»Du hast fünfzehn Sekunden«, sagte Dante. Er holte eine Stoppuhr aus der Tasche und drückte drauf. »Die Uhr läuft. 14, 13, 12, 11 ...«

»Ist doch nicht dein Ernst, oder?«

»... 10, 9, 8, 7, 6, 5, 4, 3 ...«

Ich hörte, wie der andere seine Knarre entsicherte.

Ich schnappte mir die Zigarette aus Dantes Mund und steckte sie mit dem glühenden Ende in meinen. Ich versuchte, eine Menge Speichel zu produzieren und meine Zunge zu schonen, aber ich hatte kein Glück. Es erwischte mich voll. Grauenhaft, diese Schmerzen! Ich mußte würgen und spuckte das Ding aus.

»Gar nicht brav«, sagte Dante. »Ich hab dir doch gesagt, du sollst sie drinlassen, bis ich dir sage, daß du sie wieder rausnehmen kannst. Jetzt müssen wir's nochmal machen.«

»Leck mich«, sagte ich. »Leg mich doch um!«

»Okay«, sagte Dante.

In diesem Augenblick ging die Tür auf, und Lady Death kam herein. Sie war schwer aufgetakelt. Ich vergaß fast, daß mir der Mund weh tat.

»Hey«, sagte Dante, »is ja ne tolle Alte. Kennst du sie, Belane?«

»Flüchtig.«

Sie nahm sich einen Stuhl, setzte sich, schlug die Beine übereinander, und ihr Rock rutschte hoch. Wir starrten fassungslos diese Beine an. Selbst ich konnte es nicht fassen. Dabei hatte ich sie schon mal gesehen.

»Wer sind diese Clowns?« fragte sie mich.

»Abgesandte von einem Typ namens Tony.«

»Schicken Sie sie weg. *Ich* bin Ihre Klientin.«

»Tja, Jungs«, sagte ich, »Zeit zum Gehen.«
»Ach nee«, sagte Dante.
»Ach nee«, sagte Fante.
Beide lachten. Und hörten wie auf Kommando wieder auf.
»Ein richtiger Witzbold, der Kerl«, meinte Fante.
»Yeah«, sagte Fante.
»Ich helf euch auf die Sprünge«, sagte Lady Death.
Sie sah Dante durchdringend an. Augenblicklich wurde er blaß und kippte auf seinem Stuhl langsam nach vorn.
»Mensch«, sagte er, »mir ist nicht gut . . .«
Er wurde weiß, dann gelb.
»Mir ist elend«, sagte er. »Mir ist kotzelend . . .«
»Vielleicht liegts an dem Fisch, den du gegessen hast«, meinte Fante.
»Fisch, Smisch. Ich verschwinde hier. Ich brauch 'n Arzt . . .«
Dann sah ich, daß sie Fante anstarrte. Und Fante sagte: »Mir ist schwindelig . . . was ist los? Ich seh Sternchen . . . Feuerwerk . . . wo bin ich?«
Er wankte zur Tür. Dante folgte ihm. Als sie draußen waren, ging ich vor die Tür und sah ihnen nach, wie sie zum Fahrstuhl schlichen. Sie stiegen ein, und ehe die Fahrstuhltür zuging, drehten sie sich um, und ich konnte noch ihre Gesichter sehen. Sie sahen fürchterlich aus. Fürchterlich.
Ich ging wieder rein.
»Danke, daß Sie meinen Arsch gerettet haben . . .«
Ich sah mich um. Sie war nicht mehr da. Ich schaute unter den Schreibtisch. Nichts. Ich schaute ins Klo. Nichts. Ich öffnete das Fenster und sah auf die Straße. Nichts. Na gut, es waren allerhand Leute da unten, aber sie war nicht dabei. Hätte wenigstens tschüs sagen können. Immerhin, es war eine nette Heimsuchung gewesen.
Ich setzte mich an meinen Schreibtisch, nahm den Telefonhörer ab und wählte Tonys Nummer.
»Ja?« meldete er sich. »Hier ist . . .«

»Tony, hier ist Mr. Slow Death.«
»Was? Du kannst noch reden?«
»Ich rede wie ein Wasserfall, Tony. Hab mich nie besser gefühlt.«
»Das begreif ich nicht . . .«
»Deine Boys waren da, Tony.«
»Ja? Und?«
»Diesmal hab ich sie noch davonkommen lassen. Das nächste Mal mach ich sie alle.«
Ich hörte ihn atmen. Klang sehr stockend. Dann legte er auf.
Ich holte eine Halbliterflasche Scotch aus der linken unteren Schublade und genehmigte mir einen ordentlichen Schluck.
Wer sich mit Belane anlegte, bekam Ärger. So einfach war das.
Ich machte den Schraubverschluß auf die Flasche, verstaute sie im Fach und überlegte, was ich als nächstes tun sollte. Ein guter Schnüffler hat immer was zu tun. Kennt man ja aus dem Kino.

9

Es klopfte. Fünfmal, rasch hintereinander. Laut. Hartnäckig. Wenn jemand anklopft, weiß ich immer gleich Bescheid. Manchmal ist mein Eindruck so schlecht, daß ich nicht reagiere.
Diesmal hatte ich nur einen mäßig schlechten Eindruck.
»Herein«, sagte ich.

Der Mann, der reinkam, war Mitte fünfzig, sah einigermaßen betucht und nervös aus, hatte zu große Füße, eine Warze an der linken Stirnseite, braune Augen und eine Krawatte um. Zwei Autos, zwei Häuser, keine Kinder. Swimmingpool und Sauna. Spekulierte an der Börse und war ziemlich einfallslos. Stand einfach da, schwitzte ein bißchen und starrte mich an.
»Setzen Sie sich«, sagte ich.
»Ich bin Jack Bass«, sagte er, »und . . .«
»Ich weiß schon.«
»Wie?«
»Sie glauben, Ihre Frau treibt es mit einem anderen. Oder mit mehreren.«
»Ja.«
»Sie ist Mitte zwanzig.«
»Ja. Ich möchte, daß Sie's ihr nachweisen. Dann lasse ich mich scheiden.«
»Wozu die Umstände, Bass? Reichen Sie doch gleich die Scheidung ein.«
»Ich will beweisen können, daß sie . . . daß sie . . .«
»Vergessen Sie's. So oder so – Sie werden ihr dasselbe zahlen müssen. Ist die neue Zeit.«
»Was meinen Sie damit?«
»Das neue Scheidungsrecht. Auf Schuld kommt es jetzt nicht mehr an.«
»Warum das denn?«
»Weil es die Sache beschleunigt und die Gerichte entlastet.«
»Das ist doch nicht gerecht.«
»Meinen die aber.«
Bass saß auf seinem Stuhl, atmete schwer und sah mich an.
Ich hatte die Angelegenheit Céline zu erledigen und den Red Sparrow zu finden, und hier hockte dieser wabbelige Fleischkloß und grämte sich, weil seine Frau mit jemand rumfickte.

Endlich sagte er wieder was. »Ich will nur Klarheit. Für mich selber.«

»Ich mach's nicht billig.«

»Wieviel?«

»Sechs Dollar die Stunde.«

»Das ist nicht viel Geld.«

»Für mich schon. Haben Sie ein Foto von Ihrer Frau?«

Er stocherte in seiner Brieftasche, fand eins und gab es mir. Ich sah es mir an.

»Donnerwetter! Sieht sie wirklich so aus?«

»Ja.«

»Da spannt mir ja sofort der Hosenlatz.«

»He, werden Sie nicht anzüglich!«

»Entschuldigung. Aber das Foto muß ich behalten. Wenn ich fertig bin, kriegen Sie's wieder.«

Ich verstaute es in meiner Brieftasche.

»Lebt sie noch mit Ihnen zusammen?«

»Ja.«

»Und Sie fahren jeden Morgen zur Arbeit.«

»Ja.«

»Und es kommt vor, daß sie ...«

»Ja.«

»Warum glauben Sie, daß sie ...«

»Andeutungen. Anrufe. Stimmen in meinem Kopf. Ihr verändertes Benehmen. Lauter so Anzeichen.«

Ich schob ihm einen Notizblock hin.

»Schreiben Sie mir Ihre Adresse und Telefonnummer auf. Privat und geschäftlich. Alles weitere erledige ich. Ich laß sie hochgehen. Ich nagle ihr den *Arsch* an die Wand.«

»Wie bitte?«

»Ich nehme den Auftrag an, Mr. Bass. Wenn ich ihn zu einem gedeihlichen Abschluß bringe, sag ich Bescheid.«

»Zu einem *gedeihlichen Abschluß?*« fragte er. »Sagen Sie mal, ist Ihnen nicht gut?«

»Doch. Und Ihnen?«
»*Mir* fehlt nichts.«
»Also. Dann machen Sie sich mal keine Gedanken. Ich bin Ihr Mann. Ich werd sie festnageln.«
Bass stand langsam auf. Ging zur Tür. Drehte sich nochmal um.
»Barton hat Sie mir empfohlen.«
»Na, sehn Sie. Schönen Tag noch, Mr. Bass.«
Die Tür fiel ins Schloß, und er war verschwunden.
Der gute alte Barton. Ich nahm das Foto aus der Brieftasche und sah es an.
Du Luder, dachte ich. Du Flittchen.
Ich stand auf, schloß die Tür ab, nahm den Telefonhörer von der Gabel. Setzte mich an den Schreibtisch. Starrte das Foto an.
Du Flittchen, dachte ich, dir ramponier ich den Arsch. An die Wand werd ich ihn nageln! Gnadenlos! Dich erwisch ich auf frischer Tat. Während du's treibst. Du Luder, du Flittchen, du Nutte.
Schwer atmend zog ich mir den Reißverschluß auf. Da kam ein Erdbeben. Ich ließ das Foto fallen und verkroch mich unterm Tisch. Es war ein ordentlicher Rumpler. Mindestens Stärke sechs. Kam mir vor, als würde es zwei Minuten dauern. Als es vorbei war, kroch ich mit offenem Hosenlatz wieder unterm Schreibtisch hervor. Ich hob das Foto auf, steckte es in die Brieftasche zurück und zog den Reißverschluß hoch. Sex, das war doch nur eine Falle. Etwas für Tiere. Ich war zu klug, um auf so was reinzufallen. Ich legte den Hörer auf die Gabel, schloß die Tür auf, ging raus, schloß hinter mir ab und ging runter zum Lift. Ich hatte zu arbeiten. Ich war der beste Schnüffler in L.A. Einschließlich Hollywood. Ich drückte auf den Rufknopf und wartete auf den verdammten Lift.

10

Den restlichen Tag und die Nacht können wir vergessen. Da hat sich nichts getan. Lohnt sich nicht, davon zu reden.

11

Am nächsten Morgen um acht saß ich gegenüber dem Haus von Jack Bass in meinem VW-Käfer und las die L. A. Times. Ich war verkatert, aber ich hatte ein paar Nachforschungen angestellt. Die Frau von Bass hieß Cindy. Cindy Bass, geb. Maybell. Im Pressearchiv hatte ich herausgefunden, daß sie mal einen unbedeutenden Schönheitswettbewerb gewonnen hatte. Miß Chili Cook-Off 1990. Fotomodell, kleinere Filmrollen, begeisterte Skiläuferin. Spielte Klavier, mochte Baseball und Wasserball. Lieblingsfarbe: Rot. Lieblingsfrucht: Banane. Hielt gern ein Mittagsschläfchen. Hatte Kinder gern. Und Jazz. Las Kant. Ja, sicher. Wollte mal Anwältin werden, usw. usw. Lernte Jack Bass beim Roulette in Las Vegas kennen. Zwei Tage später war Hochzeit.
Gegen halb neun setzte Jack Bass mit seinem Mercedes rückwärts aus der Einfahrt raus und fuhr zu seinem hochbezahlten Job bei der Aztec Petroleum Corporation. Jetzt hatte ich Cindy für mich allein. Ich würde sie mit Karacho hochgehen lassen. Sie war mir ausgeliefert. Ich sah mir noch einmal ihr Foto an. Mir wurde heiß. Ich klappte den Sonnenschutz runter. Diese Nutte. Sie setzte meinem Klienten Hörner auf.

Ich steckte das Foto in die Brieftasche zurück. Langsam wurde mir schwummrig. Was war los? Ging mir das Weib unter die Haut? Sie hatte Eingeweide wie jeder andere. Sie hatte Haare in den Nasenlöchern. Schmalz in den Ohren. Was war schon so besonders an ihr? Warum waberte die Windschutzscheibe vor meinen Augen wie eine große Welle? Lag wahrscheinlich an meinem verkaterten Zustand. Wodka und Bier. Dafür mußte man büßen. Aber die Trinkerei hatte auch ihr Gutes – man litt nie an Verstopfung. Manchmal dachte ich an meine Leber, aber meine Leber muckte nie auf. Sie sagte nie: »Hör auf, du bringst mich um, aber vorher bring ich *dich* um!« Wenn unsere Leber reden könnte, bräuchten wir keine Anonymen Alkoholiker.
So saß ich nun in meiner Karre und wartete auf Cindy.
Es war ein schwüler Sommermorgen.

Ich muß wohl eingenickt sein. Ich weiß nicht mehr, was mich weckte. Aber aus der Einfahrt sah ich ihren Mercedes rollen. Ein roter. Sie kurbelte am Lenkrad und fuhr los, in südlicher Richtung. Ich folgte ihr. Auf dem San Diego Freeway wechselte sie auf die Überholspur und drehte auf. Gut dreißig Sachen mehr als erlaubt. Die war anscheinend sehr geil auf etwas. Mich juckte es zwischen den Schenkeln. Auf meiner Stirn sammelte sich der Schweiß. Cindy, Cindy, dieses geile Luder. Sie gab noch mehr Gas. Ich blieb dran, vier Wagenlängen dahinter. Die würde ich am Arsch kriegen, daß ihr Hören und Sehen verging. Es war soweit. Die Jagd war auf. Und das Wild schon so gut wie erlegt. Ich war Nick Belane, der Superschnüffler.
Da sah ich das rotierende Blaulicht im Rückspiegel.
Scheiße!
Ich ließ den Wagen langsam auf die rechte Spur driften, sah eine Haltebucht, fuhr rein, hielt und stieg aus. Der Streifenwagen stoppte fünf Längen hinter mir. Auf jeder Seite

stieg einer aus. Ich ging auf sie zu und griff nach meiner Brieftasche. Der größere von den beiden zog seinen Revolver und legte auf mich an.
»Keine Bewegung!«
Ich blieb stehen. »Verdammt, was wollen Sie denn – mich umnieten? Na los! Nur zu!«
Der kleinere kam her, stellte sich hinter mich und bog mir die Arme auf den Rücken. Er marschierte mit mir zum Streifenwagen und stieß mich auf die Motorhaube runter.
»Du Wichser!« sagte er. »Weißt du, was wir mit Arschlöchern wie dir machen?«
»Ja, ich kanns mir denken.«
»Vorlaut ist er auch noch, der Wichser!« sagte er.
»Immer mit der Ruhe, Louie«, sagte der andere. »Falls jemand mit ner Videokamera draufhält. Hier ist nicht der richtige Ort.«
»Bill, diese vorlauten Typen bringen mich auf Neunzig.«
»Den da knüpfen wir uns noch vor, Louie. Später.«
Louie drückte mich immer noch auf die Motorhaube. Manche Wagen auf dem Freeway verlangsamten die Fahrt. Die Gaffer gafften.
»Kommt, Jungs«, sagte ich, »es gibt schon einen Stau.«
»Glaubst du, das juckt uns?« fragte Bill.
»Du hast uns bedroht!« schrie Louie. »Du bist auf uns losgegangen und hast nach was in deinem Hosenbund gelangt!«
»Ich hab nach meiner Brieftasche gegriffen. Ich hab euch meinen Ausweis zeigen wollen. Ich bin Privatdetektiv, mit ner Lizenz für Los Angeles. Ich hab ne verdächtige Person verfolgt.«
Louie lockerte seinen Griff.
»Steh auf.«
»Okay.«
»Jetzt greif langsam nach deiner Brieftasche und nimm deinen Führerschein raus.«

»Is gut.«
Ich gab ihm ein zusammengefaltetes Stück Papier.
»Was soll das denn sein?« fragte er.
Er gab es mir zurück.
»Falt es auseinander und halt es mir hin.«
Das tat ich. »Es ist ne Art vorläufiger Führerschein«, sagte ich. »Meinen alten haben sie eingezogen, als ich den schriftlichen Test versiebt hab. Mit dem hier kann ich fahren bis zum nächsten Test in ner Woche.
»Du hast den *Test* nicht bestanden?«
»Yeah.«
»Hey, Bill, der Kerl ist beim Test durchgerasselt!«
»Was? Tatsächlich?«
»Ich hatte grade was anderes im Kopf . . .«
»Sieht eher so aus, als hätt'st du gar nichts im Kopf gehabt«, meinte Louie höhnisch.
»Is ja zum Brüllen«, sagte Bill.
»Und du willst 'n lizensierter Detektiv sein?« fragte Louie.
»Yep.«
»Schwer zu glauben.«
»Ich hab ne verdächtige Person verfolgt, als ihr euer Blaulicht eingeschaltet habt. Ich war drauf und dran, sie am Arsch zu kriegen.«
Ich gab Louie das Foto von Cindy.
»Heiliger Strohsack«, sagte er. Er konnte sich nicht davon losreißen. Cindy war in voller Größe zu sehen. Sie trug einen Minirock mit Bluse. Die Bluse war tief ausgeschnitten.
»He, Bill, schau dir das mal an!«
»Ich war ihr dicht auf den Fersen, Bill. Ich hätt sie fast gehabt.«
Bill starrte das Foto an.
»Uhhh uhhh uhhh«, machte er.
»Ich muß das Foto wiederhaben. Ist 'n Beweisstück.«
»Oh. Na ja.« Er gab es mir widerstrebend zurück.

»Tja, wir müßten dich eigentlich festnehmen«, sagte Louie.
»Tun wir aber nicht«, sagte Bill. »Wir geben dir 'n Strafzettel, weil du hundertdreißig gefahren bist. Obwohl's nur hundertzwanzig waren. Aber dafür kriegen wir das Foto.«
»Was?!«
»Hast du nicht gehört?«
»Das ist ja Erpressung!« sagte ich.
Bills Hand glitt zum Revolver.
»Was hast du gesagt?«
»Geht klar, hab ich gesagt.«
Ich gab ihm das Foto. Er füllte den Strafzettel aus. Ich stand da und wartete. Schließlich hielt er mir den Block hin.
»Unterschreiben.«
Ich unterschrieb.
Er riß den Strafzettel ab und klatschte ihn mir in die Hand.
»Fürs Bezahlen hast du zehn Tage. Wenn du Widerspruch einlegst, hast du vor Gericht zu erscheinen.«
»Danke, Officer.«
»Und fahr vorsichtig«, sagte Louie.
»Du auch, Kumpel.«
»Was?«
»Geht klar.«
Sie latschten zu ihrem Wagen und ich zu meinem. Ich stieg ein und warf den Motor an. Sie saßen da hinten in ihrer Karre und rührten sich nicht. Ich fädelte mich in den Verkehr ein und hielt mich an das Tempolimit.
Cindy, dachte ich, das laß ich dich büßen. Dafür krieg ich dich am Arsch, so was hast du noch nie erlebt.
Ich kam auf den Harbor Freeway und fuhr auf ihm nach Süden. Ganz mechanisch. Ohne zu wissen wohin.

12

Ich fuhr den Harbor Freeway ganz runter und war jetzt in San Pedro. Ich fuhr die Gaffey lang, bog links in die Seventh Street ein und nach ein paar Blocks rechts in die Pacific Avenue. Nach einer Weile sah ich eine Bar, »The Thirst Hog«. Ich parkte und ging rein. Es war duster. Der Fernseher war aus. Der Barkeeper war ein alter Typ. Sah aus wie achtzig. Alles an ihm war weiß. Weißes Haar, weiße Haut, weiße Lippen. Zwei weitere alte Knacker, ebenfalls kalkweiß, saßen an der Bar. Ohne einen Drink. Keiner schien hier noch Blut in den Adern zu haben. Sie erinnerten mich an ausgesaugte Fliegen in einem Spinnennetz. Sie waren wie erstarrt. Weiß und starr.

Ich stand am Eingang und sah sie an.

Schließlich gab der Barkeeper was von sich: »Etch . . .?«

»Hat hier jemand Cindy gesehn?« fragte ich. »Oder Céline? Den Red Sparrow?«

Sie starrten mich wortlos an. Einer von den beiden an der Bar kräuselte die Lippen und machten mit dem Mund ein kleines nasses Loch, als wollte er was sagen. Er brachte es nicht fertig. Der andere griff vorne in seine Hose und kratzte sich an den Eiern. Oder wo er mal welche hatte. Der Barkeeper rührte sich nicht. Er sah aus wie ein alter Pappkamerad. Ich kam mir auf einmal sehr jung vor.

Ich ging an die Bar und setzte mich auf einen Hocker.

»Besteht die Möglichkeit, hier 'n Drink zu kriegen?«

»Etch . . .«, sagte der Barkeeper.

»Wodka-Seven. Ohne Zitrone.«

Die nächsten viereinhalb Minuten können wir streichen. So lange dauerte es, bis er mir den Drink brachte.

»Danke«, sagte ich, »und jetzt machen Sie mir bitte gleich noch einen. Solang Sie auf den Beinen sind.«

Ich trank einen Schluck. Nicht übel. Er hatte ja auch lange genug üben können.
Die beiden alten Knacker sahen mich von der Seite an.
»Schöner Tag, nicht?« sagte ich.
Sie gaben keine Antwort. Ich hatte den Eindruck, daß sie überhaupt nicht atmeten. Sollte man Tote nicht beerdigen?
»Sagt mal, wann habt ihr das letzte Mal einer Frau den Slip runtergezerrt?«
Von dem einen kam jetzt ein abgehacktes Kichern. »Heh, heh, heh, heh!«
»Ach – erst letzte Nacht, wie?«
»Heh, heh, heh, heh!«
»Wars gut?«
»Heh, heh, heh, heh!«
Ich bekam Depressionen. Mein Leben trat auf der Stelle. Ich brauchte gleißende Lichter, Glamour, irgendwas. Verdammt. Und da saß ich und redete mit Toten.
Ich trank mein Glas aus. Das nächste stand schon da.
Zwei Typen kamen rein. Mit Strumpfmasken.
»All right!« schrie der eine. *»Keiner muckst sich! Brieftaschen, Ringe und Uhren auf die Bar! Dalli!«*
Ich trank mein zweites Glas ex.
Der andere hechtete über die Bar und lief zur Registrierkasse. Er drosch mit der Faust drauf.
»Hey! Wie kriegt man das Scheißding auf?!«
Er sah sich angestrengt um und entdeckte den Barkeeper. Er richtete seine Waffe auf ihn. *»He, Opa! Komm her und mach das Ding auf!«* Schlagartig kam Bewegung in den Barkeeper. Im Nu war er an der Kasse und hatte sie auf.
Der andere stopfte die Sachen, die wir auf die Bar gelegt hatten, in einen Beutel.
»Die Zigarrenschachtel!« rief er seinem Kumpel zu. *»Unterm Tresen!«*

Der hinter der Bar stopfte das Geld aus der Kasse in eine Plastiktüte. Er fand die Zigarrenschachtel. Sie war randvoll. Er verstaute sie in seiner Tüte und sprang über die Bar zurück. Einen Moment standen sie beide da.

»Ich fühl mich so bescheuert!« sagte der, der hinter der Bar gewesen war.

»Vergiß es«, sagte der andere. »Wir hauen ab.«

»Ich fühl mich bescheuert!« schrie der erste. Er legte auf den Barkeeper an. Und pumpte ihm drei Kugeln in den Bauch. Der alte Kerl zuckte dreimal nach hinten und fiel um.

»Du Idiot! Warum hast du das gemacht?« schrie der Komplize.

»Du sollst nicht Idiot zu mir sagen! Dafür leg ich dich um!« Er fuhr herum und legte auf seinen Partner an. Zu spät. Die Kugel ging ihm durch die Nase und kam an seinem Hinterkopf wieder raus. Im Fallen riß er einen Barhocker um. Der andere rannte aus der Tür. Ich zählte bis fünf. Dann rannte auch ich los. Die zwei alten Knacker an der Bar lebten noch. Falls man es so nennen kann.

Innerhalb von Sekunden saß ich in meiner Karre und gab Vollgas. An der nächsten Ecke bog ich rechts ab und fuhr langsam eine Seitenstraße hoch. Jetzt hörte ich die Polizeisirenen. Ich drückte den Zigarettenanzünder rein, steckte mir eine zwischen die Lippen und knipste das Autoradio an. Erwischte einen Rap. Konnte nicht verstehen, was der Kerl da zusammenrappte.

Ich wußte nicht wohin. Nach Hause? Ins Büro?

Am Ende landete ich in einem Supermarkt und schob einen Einkaufswagen durch die Gänge. Packte mir fünf Grapefruits rein, ein gegrilltes Hähnchen und eine Portion Kartoffelsalat. Einen halben Liter Wodka. Klopapier.

13

Als ich in meiner Wohnung war, machte ich mich über das Hähnchen und den Kartoffelsalat her. Ich rollte eine Grapefruit über den Teppich und war frustriert. Alles hatte sich gegen mich verschworen.
Das Telefon klingelte. Ich spuckte einen halbgaren Hähnchenflügel aus und meldete mich.
»Ja?«
»Mr. Belane?«
»Ja.«
»Sie haben eine Reise nach Hawaii gewonnen«, sagte jemand.
Ich legte auf. Ging in die Küche und machte mir einen Wodka mit Mineralwasser und einem Spritzer Tabasco. Damit setzte ich mich ins Wohnzimmer, und als ich einen halben Schluck getrunken hatte, klopfte es an die Tür. Klang nicht grade gut, aber ich sagte trotzdem »Herein«.
Und bereute es sofort. Es war mein Nachbar. Der Briefträger aus Apartment 302. Er ließ immer so komisch die Arme hängen. Sein Hirn hing auch durch. Er sah einen nie an, sondern irgendwie an einem vorbei. Als wäre man weiter hinten und nicht da, wo man stand. Er hatte auch sonst noch ein paar Macken.
»Hast 'n Drink für mich, Belane?«
»In der Küche. Mix ihn dir selber.«
Er ging in die Küche und pfiff den Dixie-Song.
Mit einem Glas in jeder Hand kam er aufgekratzt wieder und setzte sich mir gegenüber.
»Damit mir der Stoff nicht so schnell ausgeht«, sagte er und wies mit einer Kopfbewegung auf die beiden Drinks.
»Weißt du«, informierte ich ihn, »das Zeug gibts auch zu kaufen. Leg dir mal 'n Vorrat an.«

»Vergiß es, Belane, ich hab was Wichtiges mit dir zu bereden.«
Er trank das eine Glas aus und schmiß es an die Wand. Das hatte er von mir.
»Paß auf, Belane – ich weiß, wie wir groß zuschlagen können.«
»Sicher«, sagte ich. »Laß hören.«
»Loco Mike. Ist neulich gelaufen. Flink wie die Zunge von nem Aussätzigen an einer jungfräulichen Titte. Die erste Viertelmeile in glatten einundzwanzig Sekunden. Mit fünf Längen Vorsprung in die Zielgerade gerauscht. War 'n Verkaufsrennen. Zwanzigtausend Dollar pro Gaul. Hat nur mit anderthalb Längen verloren. Jetzt läuft er gegen Pferde, die mit fünfzehntausend im Buch stehn, und es geht nur über zwölfhundert Meter! Stell dir das Karnickel mal vor! Die sehn ihn bloß noch von hinten. Und die *Racing Form* hat ihn mit fünfzehn für eins – das gibt 'n Batzen! Ich nehm dich mit rein, Kumpel.«
»Wieso? Warum sahnst du nicht allein ab?«
Er trank sein anderes Glas runter. Schaute sich um. Holte damit aus.
»Halt!« sagte ich. »Wenn du das Glas auch noch zerdepperst, hast du zwei Arschlöcher.«
»Hä?«
»Überlegs dir gut.«
Der Briefträger stellte kleinlaut sein Glas hin.
»Hast noch was zu trinken da?«
»Weißt du doch. Bring mir auch was.«
Er ging in die Küche. Ich verlor allmählich die Geduld mit ihm.
Er kam wieder und gab mir einen Drink.
»Nee«, sagte ich, »ich nehm deinen.«
»Wieso?«
»Weil er stärker ist.«

Wir tauschten die Gläser aus, und er setzte sich.
»Also, Ledertasche«, sagte ich, »warum verrätst du mir 'n heißen Tip?«
»Tja, ähm ...«
»Ja? Sprich dich aus.«
»Ich bin ein bißchen klamm. Hab den Einsatz nicht. Aber wenn wir abkassiert haben, geb ichs dir wieder.«
»Gefällt mir aber gar nicht.«
»Komm, Belane, ich brauch bloß 'n bißchen Moos.«
»Wieviel?«
»Zwanzig Lappen.«
»Ist aber ne Menge.«
»Zehn.«
»Was, 'n ganzen Zehner?«
»Na gut – fünf.«
»Was?«
»Zwei.«
»Hau mir bloß ab, du.«
Er leerte sein Glas und stand auf. Ich trank in Ruhe aus. Er stand immer noch da.
»Warum hast du die ganzen Grapefruits da auf dem Boden?« wollte er wissen.
»Weil sie mir da am liebsten sind.«
Ich stemmte mich hoch und ging auf ihn zu. »Zeit zu gehen, Freund.«
»So? Meinst du? Ich geh, wann's mir paßt!«
Die Drinks hatten ihm Mut gemacht. So was kommt vor.
Ich wuchtete ihm die Rechte in den Magen. Mit Schlagring dran. Die Faust kam ihm fast wieder hinten raus.
Er ging zu Boden.
Ich fegte ein paar Glassplitter zusammen, ging zu ihm hin, hielt ihm den Mund auf und packte sie ihm rein. Dann walkte ich ihm die Backen durch und schlug ihm links und rechts ein paarmal drauf. Seine Lippen wurden sehr rot.

Danach beschäftigte ich mich ernsthaft mit dem Trinken. Ich schätze, es dauerte eine Dreiviertelstunde, bis der Briefträger sich wieder regte. Er wälzte sich auf den Bauch, spuckte einiges Glas aus und robbte mühsam zur Tür. Er bot einen jämmerlichen Anblick. Ich hielt ihm die Tür auf, und er kroch zu seinem Apartment. Auf den mußte ich in Zukunft besser achten.

Ich machte die Tür zu und setzte mich an den Schreibtisch. Im Aschenbecher lag eine halbe Zigarre. Ich brannte sie mir an, paffte daran und mußte würgen. Beim zweiten Versuch ging es besser.

Ich kam ins Grübeln. Und beschloß, an diesem Tag nichts mehr zu tun.

Das Leben war doch ein einziger Schlauch.

Morgen war auch noch ein Tag.

14

Am folgenden Tag war ich wieder in Sachen Céline unterwegs und ging zu Red in die Buchhandlung. Die Rennbahn hatte geschlossen, und es sah nach Regen aus. Red war damit beschäftigt, bei ein paar seltenen Erstausgaben die Preise raufzusetzen.

»Wie wärs mit Musso's?« fragte er.

»Geht nicht, Red. Ich bin nur noch am Futtern. Schau mich doch an.«

Ich hielt die Jacke auseinander. Das Hemd spannte über meinem Bauch. Ein Knopf war abgesprungen.

»Laß dir lieber das Fett absaugen, sonst kriegst du noch einen Infarkt. Sie saugen es mit einer Röhre ab. Kannst es dir in nem Einmachglas aufs Regal stellen, damit du dran denkst, daß Donuts mit Gelee nicht gut für dich sind.«

»Ich werd's mir überlegen. Willst ne Grapefruit?«

»Grapefruit? Die machen nicht dick.«

»Ich weiß, aber heut morgen beim Aufstehen bin ich über eine gestolpert. Die Dinger sind gefährlich.«

»Wo hast du denn geschlafen? Im Kühlschrank?«

Ich seufzte. »Komm, laß uns das Thema wechseln. Du kennst doch den Kerl, der aussieht wie Céline . . .«

»Ach, der.«

»Ja. War er mal wieder da?«

»Nicht, seit du hier warst. Bist du hinter dem Vogel her?«

»Könnte man sagen.«

Da kam er grade rein. Wie auf Stichwort. Céline.

Er drückte sich an uns vorbei, ging an den Regalen entlang und nahm sich ein Buch heraus.

Ich ging ihm nach und stellte mich neben ihn. Er hatte das signierte Exemplar von *As I Lay Dying*.

»Früher«, sagte er, »war das Leben der Autoren interessanter als ihre Bücher. Heutzutage ist beides uninteressant.«

Er stellte den Faulkner zurück.

»Wohnen Sie hier in der Nähe?« fragte ich.

»Möglich. Und Sie?«

»Sie hatten mal einen französischen Akzent, nicht?«

»Kann sein. Sie auch?«

»Oh – nein, nein. Sagen Sie, hat man Ihnen mal gesagt, daß Sie jemand ähnlich sehen?«

»Wir sehen alle jemand ähnlich – mehr oder weniger. Haben Sie Zigaretten dabei?«

»Klar.«

Ich tastete nach meiner Packung.

»Tun Sie mir einen Gefallen«, sagte er. »Rauchen Sie eine. Damit Sie was zu tun haben.«

Er ließ mich stehen.

Ich steckte mir eine an und machte einen Zug. Dann nickte ich Red zu und ging ihm nach. Als ich auf die Straße kam, sah ich gerade noch, wie er in einen 89er Fiat stieg, der am Bordstein geparkt war. Und was stand direkt dahinter? Mein VW Käfer. Zum ersten Mal seit Monaten hatte ich das Glück gehabt, einen Parkplatz am Straßenrand zu ergattern. Endlich mal dem Schicksal eins ausgewischt! Ich sprang rein und brauste hinter ihm her. Er nahm den Hollywood Boulevard in östlicher Richtung.

Lady Death, dachte ich, sieh dir mal an, wie ich mich für dich ins Zeug lege.

An der nächsten Kreuzung hätte ich ihn fast verloren, aber ich quetschte mich noch durch, als die Ampel schon auf Rot sprang. Kein Problem. Bis auf eine alte Tante in einem Cadillac, die mir einen Kraftausdruck nachschrie. Ich lächelte.

Bald waren wir auf dem Hollywood Freeway. Die Sonne brannte durch die aufgelockerte Bewölkung. Ich behielt Sichtkontakt zu Céline und fühlte mich prima. Vielleicht würde ich mir das Fett mit einer Röhre absaugen lassen. Ich war immer noch ein jugendlicher Typ. Hatte das Leben noch vor mir.

Céline fuhr auf den Harbor Freeway.

Dann gings auf den Santa Monica. Dann auf den San Diego. Richtung Süden.

Er nahm eine Ausfahrt. Ich immer hinterher. Die Gegend kam mir irgendwie bekannt vor. Ich blieb einen halben Block hinter ihm und hoffte, daß er nicht zu oft in den Rückspiegel sah.

Er wurde langsamer. Fuhr rechts ran und hielt. Ich tat es ihm nach und wartete ab.

Er stieg aus und ging ein Stück. Dann überquerte er die Straße und sah sich verstohlen um. Vor einem Haus blieb er stehen, sah sich wieder um und ging einen Weg hoch. Er stieg auf die Veranda. Sah sich um. Klopfte. Es war ein großes Haus, und ich hatte das Gefühl, daß ich die Adresse kannte.

Die Haustür wurde geöffnet, und Céline ging rein.

Ich machte die Handbremse los und fuhr langsam vorbei. Tatsächlich – es war das Haus von Jack Bass. Nicht zu fassen. In der Einfahrt stand Cindys roter Mercedes. Es war 14.30 Uhr.

Ich fuhr einmal um den Block und parkte wieder an der alten Stelle.

Jetzt konnte ich zwei Fliegen mit einer Klappe schlagen. Céline enttarnen und Cindy überführen.

Ich beschloß, ihnen zehn Minuten Zeit zu lassen.

In der Grundschule hatten wir eine Lehrerin, die eines Tages fragte, was wir später mal werden wollten. Fast alle Jungs sagten, sie wollten zur Feuerwehr. Blöde Idee. Da riskierte man ja Verbrennungen. Ein paar sagten, sie wollten Arzt oder Rechtsanwalt werden. Keiner sagte: »Ich will Detektiv werden.« Und ich war einer geworden. Ach ja, und als ich drangekommen war, hatte ich gesagt: »Keine Ahnung.«

Die zehn Minuten waren um. Ich schnappte mir meine Videokamera, kickte die Fahrertür auf und ging zum Haus. Als ich vor der Tür stand, merkte ich, daß ich ein bißchen zittrig war. Ich holte tief Luft. Das Schloß war kein Problem. Innerhalb von 45 Sekunden war ich drin.

Ich ging durch den Flur. Da hörte ich Stimmen. Ich blieb vor einer Tür stehen. Dahinter waren sie. Ich hörte, wie sie sich halblaut unterhielten. Ich ging dicht ran und lauschte.

»Du brauchst es«, hörte ich ihn sagen. »Und du willst es auch ...«

»Ich ... ich weiß nicht recht«, sagte Cindy. »Was ist, wenn Jack dahinterkommt?«

»Der erfährt nichts davon.«

»Jack kann schwer ausrasten ...«

»Er wird nichts erfahren. Komm, tu dir was Gutes ...«
Cindy lachte. »Und du hast nichts davon, hm?«
»Doch, natürlich. Hier, komm, greif zu ... mach einen Anfang ...«
Ich wartete noch ein paar Sekunden, dann trat ich die Tür ein und stürzte mit laufender Kamera ins Zimmer.
Sie saßen an einem Couchtisch, und Cindy unterschrieb gerade irgendeinen Vordruck. Sie schaute hoch und stieß einen Schrei aus.
»Oh«, sagte ich. »Scheiße.«
Ich ließ die Kamera sinken.
»Verdammt, was soll das?« fragte Céline. »Kennst du den?«
»Ich hab ihn noch nie gesehn!«
»Aber ich«, sagte Céline. »Ich kenn ihn aus einer Buchhandlung, wo er dauernd dumme Fragen stellt.«
»Ich ruf die Polizei!« sagte Cindy.
»Moment«, sagte ich. »Ich kann alles erklären.«
»Da bin ich aber gespannt«, sagte Cindy.
»Ich auch«, sagte Céline.
Ich stand da, und mir fiel nichts ein.
»Ich ruf jetzt sofort die Polizei!« sagte Cindy.
»Langsam, langsam«, sagte ich. »Ihr Mann hat mich beauftragt. Ich bin Detektiv.«
»Beauftragt? Wozu?«
»Ich soll Sie am Arsch kriegen.«
»Mich am *Arsch* kriegen?«
»Ja.«
»Ich wollte die Lady grade ne Versicherungspolice unterschreiben lassen«, sagte Céline, »da platzen Sie hier mit Ihrer Kamera rein.«
»Tut mir leid. Es war ein Versehen. Lassen Sie mich den Fehler wieder gutmachen.«
»Wie wollen Sie das denn wieder gutmachen, zum Donnerwetter?« fragte Céline.

»Weiß ich noch nicht. Ist mir furchtbar peinlich. Irgendwie krieg ich das wieder hin. Ehrlich.«
»Der Kerl spinnt«, sagte Cindy. »Er ist ein klinischer Fall.«
»Entschuldigen Sie. Ich geh ja schon. Ich laß dann von mir hören.«
»Wir lassen Sie verhaften!« beharrte Cindy.
»Ich muß jetzt gehn«, sagte ich.
»Oh nein! Sie gehn nirgends hin!«
Ich wollte grade zur Tür, da hörte ich, wie sie auf einen Summer drückte. Der Kerl, der mir den Weg versperrte, hätte King Kong doubeln können. Er war monströs. Und kam langsam auf mich zu.
»He, Boy«, sagte ich, »ißt du gern Pralinen?«
»*Du* bist meine Praline, du Stinktier.«
»Was ist mit Spielzeug? Mit was spielst du gern?«
King Kong ignorierte die Frage und sagte zu Cindy: »Soll ich ihn abmurksen?«
»Nein, Brewster. Stauch ihn zusammen, damit er ne Weile stillhält.«
»Is gut.«
Er machte einen Schritt.
»Brewster«, fragte ich, »für wen hast du bei der letzten Präsidentenwahl gestimmt?«
»Hm?«
Er blieb stehen und überlegte.
Ich schleuderte ihm die Videokamera auf seinen Spielplatz. Volltreffer. Er knickte ein und preßte die Hände auf seine Weichteile.
Ich hob die Kamera auf und drosch sie ihm ins Genick. Ich hörte, wie die Linse splitterte.
King Kong taumelte nach vorn, fiel mit dem Gesicht auf die Couch und war k.o. Sein Oberkörper lag auf der Couch, der Rest woanders.
Ich hob die kaputte Kamera auf.

»Dich krieg ich trotzdem noch am Arsch«, sagte ich zu Cindy.
»Dieser Mensch ist wahnsinnig!« schrie sie.
»Ich glaube, da hast du recht«, sagte Céline.
Ich drehte mich auf dem Absatz um und machte, daß ich da rauskam.
Wieder ein verplemperter Tag.

15

Am nächsten Morgen saß ich wieder in meinem Büro. Wie es schien, kam ich mit nichts voran. Die Nacht war grauenhaft gewesen. Ich hatte versucht, mich in den Schlaf zu trinken, aber meine Wohnung hatte dünne Wände, und ich hatte von nebenan alles mitbekommen ...
»Baby, mein Ständer is randvoll mit weißer Soße, und die muß raus, oder ich krieg 'n Schlag oder was!«
»Das is dein Problem, Buster.«
»Aber wir sind verheiratet!«
»Du bist mir zu häßlich.«
»Was? Wie? Das hast du noch nie gesagt.«
»Aber jetzt sag ichs.«
»Mensch, mir kommt der Saft gleich aus den Ohren! Ich muß was tun!«
»Aber ohne mich, Rammbock!«
»Na schön. Also gut – wo ist die Katze?«
»Die Katze? Oh nein, du Bastard! *Nicht Tinker Bell!*«
»Wo ist die gottverdammte Katze! Grad eben hab ich sie noch gesehn!«
»Untersteh dich! Untersteh dich! *Nicht Tinker Bell!*«

Ich hatte mich nicht in den Schlaf trinken können. Ich hatte nur dagesessen und mir ein Glas nach dem anderen reingeschüttet. Ohne Erfolg.

Und jetzt, wie gesagt, war es wieder Morgen, und ich saß im Büro. Kam mir total nutzlos vor. Ich war nutzlos. Da draußen gab es Milliarden Frauen, und nicht eine fand den Weg zu meiner Tür. Warum? Weil ich ein Verlierer war. Ich war ein Detektiv, der für nichts eine Lösung fand.

Ich sah eine Fliege über den Schreibtisch krabbeln und holte aus. Da hatte ich plötzlich einen Geistesblitz. Ich sprang auf. Céline hatte Cindy eine Versicherung verkauft. Natürlich! Eine *Lebensversicherung* für ihren Mann! Jetzt wollten sie ihn unauffällig um die Ecke bringen! Sie steckten unter einer Decke! Ich hatte sie bei den Eiern. Na ja, Céline hatte ich bei den Eiern, und Cindy würde ich den Arsch an die Wand nageln. Jack Bass war in Lebensgefahr, Lady Death wollte Céline, und der Red Sparrow war noch immer nicht gefunden. Aber ich spürte, daß ich einer großen Sache auf der Spur war. Ich nahm die Hand aus der Hosentasche, griff zum Telefon und ließ den Hörer wieder auf die Gabel fallen. Wen zum Kuckuck wollte ich denn anrufen? Vielleicht die Zeitansage? Jack Bass steckte in bösen Schwierigkeiten. Ich mußte nachdenken. Ich versuchte es. Die Fliege krabbelte immer noch auf dem Schreibtisch herum. Ich rollte die *Racing Form* zusammen, schlug nach ihr und verfehlte sie. Es war nicht mein Tag. Meine Woche. Mein Monat. Mein Jahr. Mein Leben. Scheiße.

Ich lehnte mich zurück. Zum Sterben geboren. Zu einem Leben, in dem man sich abhetzte wie ein Eichhörnchen. Wo blieben die Tänzerinnen? Warum fühlte ich mich wie bei meiner eigenen Beerdigung?

Die Tür ging auf. Und Céline stand da.

»Du«, sagte ich. »Das hätt ich mir denken können.«

»Das Lied kenn ich«, sagte er.

»Klopfst du nie an?«
»Kommt drauf an«, sagte er. »Was dagegen, wenn ich mich setze?«
»Ja. Aber nur zu.«
Er griff in meine Zigarrenkiste, nahm sich eine raus, pellte das Zellophan ab, biß das hintere Ende ab, zückte ein Feuerzeug und rauchte sie an. Er machte einen Zug und blies eine betörende Rauchwolke von sich.
»Die Dinger verkaufen sie auch«, sagte ich.
»Was verkauft man nicht alles.«
»Luft. Aber da kommen sie auch noch drauf. Also, was willst du?«
»Tja, mein Guter...«
»Komm, verkneif dir den Stuß.«
»Na schön ... also, mal sehn ...«
Er legte die Füße auf meinen Schreibtisch.
»Schöne Schuhe hast du da an«, sagte ich. »In Frankreich gekauft?«
»Frankreich, Schmankreich. Wen juckts?«
Er blies wieder eine Rauchwolke.
»Warum bist du hier?« fragte ich.
»Gute Frage«, meinte er. »Hat mit ihrem Donnerhall schon Jahrhunderte erschüttert.«
»›Donnerhall‹?«
»Mensch, sei doch nicht so empfindlich. Du führst dich auf wie einer, der ne unglückliche Kindheit hatte.«
Ich gähnte.
»Also«, sagte er, »es ist doch so: Du steckst tief in der Scheiße. Erstens wegen Einbruch. Zweitens wegen Körperverletzung ...«
»Was?«
»Brewster ist jetzt Eunuch. Du hast ihm mit der Videokamera die Eier ramponiert. Sie sehen aus wie geschrumpelte Feigen. Jetzt kann er Ultrasopran singen.«

»Und?«
»Wir wissen, wo der Schuldige zu finden ist, der ins Haus eingebrochen ist und einem anderen die Männlichkeit genommen hat.«
»Und?«
»Es könnte sein, daß die Polizei davon erfährt.«
»Hast du handfeste Beweise?«
»Drei Zeugen.«
»Das ist ne Menge.«
Céline nahm die Füße runter, beugte sich weit über den Schreibtisch und sah mir in die Augen.
»Belane, ich brauch jemand, der mir zehn Riesen pumpt.«
»Aha – jetzt ist mir alles klar! *Erpressung! Du Schwein! Erpressung!«*
Ich spürte, wie die Erregung in mir hochstieg. Es war ein gutes Gefühl.
»Keine Erpressung, du Trottel. Du sollst mir nur zehn Riesen leihen. *Leihen* – kapiert?«
»Ein Darlehen? Hast du ne Sicherheit zu bieten?«
»Gott nee.«
Ich stand auf.
»Du schmieriger Hund! Denkst du, mit so was kannst du mir kommen?«
Ich kam hinterm Schreibtisch vor.
»Brewster!« schrie er. *»Jetzt!«*
Die Tür ging auf, und herein walzte mein alter Freund Brewster.
»Tag, Mr. Belane!« sagte er in einem hohen Falsett. Trotz der Fistelstimme wirkte er keinen Zentimeter kleiner. Er war der gewaltigste Hundsknochen, den ich je gesehen hatte. Ich ging hinter den Schreibtisch zurück, nahm die 45er aus der Schublade und richtete sie auf ihn.
»Sonnyboy«, sagte ich, »mit dem Ding kann man eine Lok stoppen. Wollen wir 'n bißchen Eisenbahn spielen? Na

komm, mach choo-choo! Mit Volldampf auf mich zu! Ich laß dich entgleisen! Los, choo-choo, komm doch!«
Ich entsicherte die Waffe und zielte auf seinen Schmerbauch.
Brewster blieb stehen.
»Find ich nicht gut, das Spiel . . .«
»Na gut«, sagte ich, »siehst du die Tür da drüben?«
»Mhm . . .«
»Da gehts ins Klo. Also, da gehst du jetzt rein und hockst dich auf den Pott. Mir egal, ob du die Hosen runterläßt oder nicht, aber du gehst da rein und hockst dich auf den Pott, bis ich sage, daß du wieder rauskannst.«
»Is gut.«
Er ging rein und machte die Tür hinter sich zu. Was für ein Jammerlappen. Von wegen gefährlich.
Ich richtete die 45er auf Céline.
»Jetzt du«, sagte ich.
»Belane, du baust Scheiße.«
»Mach ich immer. Also – rein zu deinem Boy. Na los! Beweg dich!«
Céline drückte seine Zigarre aus und bewegte sich langsam zum Klo. Ich blieb dicht hinter ihm und stupste ihm die 45er ins Kreuz.
»Rein mit dir!«
Er ging rein und machte die Tür zu. Ich schloß sie ab. Dann ging ich zum Schreibtisch und schob ihn in Richtung Klotür. Es war ein sehr massiver Schreibtisch. Ließ sich nur zentimeterweise bewegen. Eine elende Plackerei. Für die ersten vier Meter brauchte ich zehn Minuten. Endlich hatte ich ihn vor der Tür.
»Belane«, hörte ich Céline von drinnen, »laß uns raus, und wir sind quitt. Ich pump dich nicht an. Ich geh auch nicht zur Polizei. Brewster wird dir nichts tun. Und ich kümmere mich um Cindy.«

»Von wegen, Baby«, sagte ich. *»Ich* kümmere mich um Cindy! Ich laß ihren Arsch hochgehn!«
Ich ließ die beiden, wo sie waren, schloß das Büro ab, ging den Flur runter und fuhr mit dem Lift nach unten. Das Leben war plötzlich wieder ganz erträglich. Im Erdgeschoß stieg ich aus und ging auf die Straße. Ich gab dem ersten Stadtstreicher, der mich anhaute, einen Dollar. Dem nächsten sagte ich, daß ich einem Kollegen von ihm schon was gegeben habe. Dem dritten sagte ich dasselbe, usw. Nicht einmal Smog schien in der Luft zu sein. Ich ging zielstrebig meinen Weg und freute mich auf den Lunch. Shrimps und Fritten. Meine Füße, die mich übers Pflaster trugen, waren ein erfreulicher Anblick.

16

Als ich gegessen hatte, fuhr ich zur Adresse von Cindy und parkte in der Nähe des Hauses. In der Einfahrt sah ich ihren roten Mercedes. Sie wartete vermutlich auf Céline und Brewster. Pech für sie. Ich stellte das Autoradio an, um Nachrichten zu hören.
»Sie Idiot«, kam eine Stimme aus dem Lautsprecher, »Sie sind noch keinen Schritt weiter!«
»Wer, ich?« fragte ich.
»Sitzt außer Ihnen vielleicht noch einer da?«
Ich sah mich um. »Nee, ich bin der einzige.«
»Dann bringen Sie mal Ihren Arsch in Schwung!«
Die Stimme aus dem Radio gehörte Lady Death.
»Baby, ich *arbeite* gerade an dem Fall. Ich beschatte jemand.«

»Wen beschatten Sie denn?«
»Eine Bekannte von Céline. Langsam wird alles klar.«
»Wie Kloßbrühe. Wo ist Céline?«
»In nem Scheißhaus. Mit einem vier Zentner schweren Eunuchen.«
»Was macht er da?«
»Ich hab ihn eingesperrt.«
»Ich will nicht, daß ihm was passiert. Er gehört *mir.*«
»Dem passiert nichts, Baby. Ehrenwort.«
»Belane, manchmal glaube ich, Sie sind nicht mehr normal.«
»Ende der Durchsage!« schrie ich und machte das Radio aus.
Ich saß da, sah den roten Mercedes an und dachte an Cindy. Es juckte mich in allen Fingern. Ich hatte eine Ersatzkamera dabei. Vielleicht konnte ich was aufschnappen, wenn ich heimlich ins Haus eindrang. Sie beim Telefonieren belauschen. Über einen Hinweis stolpern. Sicher, es war riskant. Am hellen Tag. Aber Gefahr war mein Element. Da prikkelten mir die Ohren, und mein Schließmuskel machte einen Schnalzer. Man lebt nur einmal, stimmts? Na ja, bis auf Lazarus. Der arme Hund mußte zweimal sterben. Ich aber war Nick Belane. Man hatte nur eine Fahrt auf dem Karussell. Das Leben war was für Leute mit Mumm.
Ich stieg aus dem Wagen, meinen Mini-Camcorder unterm Arm und ein Aktenköfferchen in der Hand. Als Tarnung. Ich zog mir den Derby schräg übers linke Auge und ging zum Haus. Mein sechster Sinn arbeitete auf Hochtouren. Irgendwas ging in dem Haus vor. Ich spürte es ganz deutlich. Vor Aufregung biß ich mir sogar auf die Zunge. Ich spuckte ein bißchen Blut aus, und dann stand ich vor der Tür. War auch diesmal kein Problem. 47 Sekunden, und ich war drin.
Ich schlich durch den Flur und spitzte die Ohren. Glaubte Stimmen zu hören. Richtig – ein Mann und eine Frau. Am Fuß der Treppe blieb ich stehen. Die Stimmen kamen von oben. Ich stieg langsam die Treppe hoch. Die Stimmen wur-

den deutlicher. Ich erkannte die von Cindy. Im Obergeschoß ging ich den Korridor lang. Eine Tür. Dahinter war offenbar ein Schlafzimmer. Jetzt das Ohr ans Holz.
»Was hast'n vor mit diesem Ding?« hörte ich Cindy lachend sagen.
»Einmal darfst du raten, Baby! Ich kanns kaum noch erwarten!«
»Na, da bist du hier richtig, Großer.«
»Dich reit ich in die Hölle und wieder zurück, Baby.«
»Ah ja?«
»Du Luder!«
Wieder ein Lachen von Cindy. Es wurde still. Und blieb eine Weile still. Dann waren Geräusche zu hören. Keuchen, ein gedämpftes Klatschen, das Quietschen von Sprungfedern.
Ich stellte den Aktenkoffer ab, schaltete die Kamera ein und trat die Tür ein.
»Jetzt hab ich dich am Arsch!«
»Was!?« Der Kerl stemmte sich hoch. Cindy nahm die Beine runter und kreischte.
Der Typ sprang vom Bett und drehte sich zu mir um. Ein grauenhafter Fettsack.
»Scheiße, was soll das?« schrie er.
Es war Jack Bass. Meine Güte – Jack Bass!
»Heiliger Strohsack!« Ich machte auf dem Absatz kehrt und rannte die Treppe runter.
Als ich unten an der Haustür war, sah ich aus den Augenwinkeln den splitternackten Jack Bass, der mir gefolgt war. Er hatte etwas in der Hand. Eine Pistole. Er drückte ab. Die Kugel riß den Derby auf meinem Kopf um 180 Grad herum. Ein weiterer Schuß. Ein kalter Hauch von Tod zischte an meinem rechten Ohr vorbei. Dann war ich draußen und rannte auf die Straße zu meinem Wagen. Zu spät merkte ich, daß mir etwas im Weg war. Ein älterer Herr, der mit dem Fahrrad ankam und einen Apfel aß. Ich rannte ihn über den

Haufen, und er landete unter den surrenden Speichen seines Fahrrads auf dem Asphalt.
Ich warf mich in den VW und preschte mit quietschenden Reifen los. Der Alte rappelte sich langsam hoch. Ich wich ihm aus und geriet auf den Gehsteig. Dann raste ich am Haus von Jack Bass vorbei. Er stand vor der Haustür, immer noch splitternackt, und brachte nochmal drei Schüsse an. Die erste Kugel durchlöcherte das Äffchen, das an meinem Rückspiegel hing. Die zweite pfiff zwischen mir und sonstwo durch. Die dritte ging durch die Rückenlehne des Beifahrersitzes und machte ein Loch in die Klappe des Handschuhfachs.
Jetzt war ich außer Reichweite. Ich fuhr einen Schlingerkurs durch mehrere Seitenstraßen, kam auf einen Boulevard und reihte mich in den Verkehr ein. Es war ein typischer Nachmittag in Los Angeles: Smog, wenig Sonne, seit Monaten kein Tropfen Regen.
In einem McDonald's Drive-in orderte ich einen Kaffee, eine große Portion Fritten und ein Chicken McNugget.

17

Als ich wieder ins Büro kam, stellte ich fest, daß Brewster und Céline ausgebrochen waren. Die Klotür war völlig demoliert. Ich schob den Schreibtisch an seinen Platz zurück. Es kostete mich fünfzehn Minuten.
Ich setzte mich und versuchte mir einen Reim auf alles zu machen.
Alle hatten es jetzt auf mich abgesehen: Céline, Brewster, Cindy, Jack Bass, Lady Death. Vielleicht sogar Barton. Ich

wußte nicht mehr, wer meine Klienten waren oder ob ich überhaupt noch welche hatte.
Was ich mir in letzter Zeit geleistet hatte, reichte für mehrere Anklagen. Es konnte aber auch sein, daß jemand kurzen Prozeß mit mir machte. Ich tastete nach der 45er in meinem Schulterhalfter. Sie steckte, wo sie zu stecken hatte. Auf dieses Baby war wenigstens Verlaß. Na, aus meinem Büro sollte mich niemand vertreiben. Ein Schnüffler ohne Büro ist kein Schnüffler.
Aber ich wußte noch immer nicht, ob Céline wirklich Céline war, und den Red Sparrow hatte ich auch noch nicht gefunden. Nichts ging voran.
Es war ein langer Tag gewesen. Ich legte die Füße auf den Schreibtisch, lehnte mich zurück und schloß die Augen.

Ich schlief ein und träumte, daß ich in einer schmuddeligen Bar saß und einen Whisky-Soda trank. Ich war der einzige Gast im Lokal. Der Barkeeper, eine eher nichtssagende Type, stand am hinteren Ende der Bar und las den *National Enquirer.* Da kam einer rein, der wahrhaft liederlich und beschissen aussah. Er hatte eine Rasur nötig, einen Haarschnitt, ein Bad. Hatte einen ockerfarbenen Regenmantel an, der ihm bis zu den Zehen reichte. Darunter konnte man ein weißes T-Shirt sehen. Um den Hals hatte er einen verwaschenen orangeroten Schlips. Wie ein stinkender Windhauch kam er her und setzte sich auf den Barhocker neben mir. Ich trank einen Schluck. Der Barkeeper sah zu mir her, bis ich auf ihn aufmerksam wurde.
»Hab ich vielleicht 'n Hunger«, sagte er. »Ich könnt ein Pferd vertilgen.«
»Ich wollte, Sie würden ein paar von den Gäulen vertilgen, auf die ich gewettet hab«, sagte ich.
Kein Wunder, daß er nichtssagend aussah. Es war nicht viel an ihm dran. Dünn wie ne Bohnenstange. Die Haut

seiner eingefallenen Wangen war papierdünn. Ich schaute weg.

»Psst«, sagte der Kerl neben mir. Ich ignorierte ihn.

»Passen Sie auf«, sagte ich zum Barkeeper, »ich trink mein Glas, und dann können Sie den Laden zumachen und irgendwo was essen.«

»Danke, aber ich kann hier nicht weg«, sagte er. »Wird schon gehn. Ich laß mir was einfallen.«

»Psst«, machte der Kerl neben mir wieder.

»Hör auf, mir ins Ohr zu zischeln«, sagte ich.

»Ich hab ne Information ...«

»Brauch keine. Ich lese Zeitung.«

»Das steht aber nicht in der Zeitung.«

»Nämlich?«

»Der Red Sparrow.«

»Barkeeper!« rief ich. »Einen Drink für den Herrn. Geben Sie ihm ne Cola mit Rum.«

Der Barkeeper machte sich an die Arbeit.

»Wohnen Sie in Redondo Beach?« fragte der Kerl.

»East Hollywood.«

»Ich kenn einen in Redondo Beach, der sieht aus wie Sie.«

»Ah ja?«

»Yep.«

Seine Cola mit Rum kam. Er trank das Glas auf einen Zug aus.

»Ich hatte 'n Bruder, der hat in Glendale gewohnt«, sagte er. »Hat sich umgebracht.«

»Hat er ausgesehn wie du?« fragte ich.

»Mhm.«

»Dann wundert's mich nicht.«

»Ich hab ne Schwester in Burbank ...«

»Verschon mich mit dem Quatsch.«

»Is kein Quatsch.«

»Ich will was vom Red Sparrow hören.«

»Klar, servier ich Ihnen gleich.«
»Und?«
»Ich hab Durst . . .«
»Barkeeper«, rief ich, »nochmal dasselbe für den Herrn!«
Der Kerl wartete, bis sein Drink kam. Er kippte ihn runter. Dann sah er mich mit seinen öden, leeren Knopfaugen an.
»Ich hab den Sparrow dabei«, sagte er.
»Was?«
»Ich hab ihn in der Tasche.«
»Toll! Laß sehn!«
Er langte in die Tasche und kramte. Und kramte.
»Hm . . . da isser ja gar nicht . . .«
»Du Linkmichel! Du hast mich verladen! Dir hau ich den Sack platt!«
»Nee, ich weiß doch, daß ich ihn irgendwo hab . . .«
»Dich brech ich übers Knie, du Stinker!«
»Warten Sie mal . . . da ist was . . . ja, in der andern Tasche . . . ich hab mich bloß vertan . . .«
»So?«
»Ja. Schauen Sie . . . da ist er . . . der Red Sparrow.«
Er zog etwas aus der Tasche und legte es auf die Bar. Ich sah es mir an. Es war eine tote Taube.
»Das ist eine tote Taube!« sagte ich.
»Nee, das ist der Red Sparrow.«
Ich legte ein paar Scheine auf die Bar. Dann stand ich auf und packte den Kerl am Kragen seines verdreckten Regenmantels. Ich bugsierte ihn zum Ausgang, machte die Tür auf und warf ihn raus. Als ich mich umdrehte und die Tür schließen wollte, fiel mein Blick auf den Barkeeper. Er hatte die Taube in beiden Händen und nagte daran. Sein Mund war mit Blut und Federn verkleistert. Er zwinkerte mir zu.
In diesem Augenblick schrillte das Telefon und weckte mich.

Ich nahm den Hörer ab.
»Belane Detective Agency . . .«
»Mein Name ist Grovers. Hal Grovers. Ich brauche Ihre Hilfe. Die Polizei lacht mich aus.«
»Um was gehts denn, Mr. Grovers?«
»Eine Außerirdische ist hinter mir her.«
»Ha, ha. Also kommen Sie, Mr. Grovers . . .«
»Sehen Sie? Jeder lacht mich aus!«
»Entschuldigen Sie, Grovers. Aber eh Sie weiterreden, muß ich Ihnen erst mal mein Honorar sagen.«
»Was berechnen Sie?«
»Sechs Dollar die Stunde.«
»Das wäre kein Problem.«
»Keine faulen Schecks, ja? Sonst tragen Sie Ihre Nüsse in nem Körbchen vor sich her.«
»Mein Problem ist nicht das Geld«, sagte er, »sondern dieses Weib.«
»Welches Weib?«
»Herrgott, die Außerirdische, von der ich die ganze Zeit rede.«
»Woher wissen Sie, daß es ne Außerirdische ist?«
»Sie hat es mir gesagt.«
»Und Sie glauben ihr?«
»Aber sicher. Ich hab gesehn, was sie alles kann.«
»Zum Beispiel?«
»Oben durch die Decke verschwinden und so Sachen . . .«
»Grovers, trinken Sie gern mal einen?«
»Klar, und Sie?«
»Unbedingt. Passen Sie auf – wenn Sie mich engagieren wollen, müßten Sie sich zu mir bemühen. Mein Büro ist im Ajax Building. Aber klopfen Sie an.«

»Ein bestimmtes Klopfzeichen?«
»Ja. ›He-alter-Rammler, gib Ruh.‹ Dann weiß ich, daß Sie's sind.«
»Na gut, Mr. Belane ...«
Ich machte vier Fliegen platt, während ich auf ihn wartete. Verdammt nochmal, der Tod lauerte überall. Mensch, Vogel, Bestie, Reptil, Nagetier, Fisch, Insekt – keiner hatte eine Chance. Das Spiel war gezinkt. Ich wußte nicht, was man dagegen machen sollte. Es war deprimierend. Wenn ich im Supermarkt dem Jungen zusehe, der meine Sachen eintütet, dann stelle ich mir vor, daß er sich zusammen mit dem Klopapier, den Bierdosen und der Hähnchenbrust selber ins Grab stopft.
Das geheime Klopfzeichen kam, und ich sagte: »Treten Sie ein, Mr. Grovers.«
Er kam rein. Machte nicht viel her. Einsvierzig, 70 Kilo, achtunddreißig Jahre alt, graugrüne Augen, nervöser Tick am linken Auge, häßliches blondes Schnurrbärtchen und auf dem viel zu runden Kopf schütteres Haar von derselben Farbe. Er kam im Watschelgang zum Schreibtisch und setzte sich auf den Besucherstuhl.
Wir saßen da und sahen einander an. Fünf Minuten vergingen.
Schließlich wurde es mir zuviel.
»Grovers, warum sagen Sie nichts?«
»Ich hab auf *Sie* gewartet.
»Wieso?«
»Ich weiß nicht.«
Ich lehnte mich zurück, brannte mir eine Zigarre an, legte die Beine hoch, machte einen Zug und blies einen perfekten Rauchring.
»Dieses Weib, Grovers ... diese Außerirdische – erzählen Sie mal.«
»Sie sagt, sie heißt Jeannie Nitro ...«

»Weiter, Mr. Grovers.«

»Sie werden mich nicht auslachen? So wie die Polizei?«

»Niemand lacht so wie die Polizei, Mr. Grovers.«

»Na ja . . . sie ist eine heiße Nummer aus dem All.«

»Warum wollen Sie eine heiße Nummer loswerden?«

»Ich hab Angst vor ihr. Sie zwingt mir ihren Willen auf.«

»Wie denn?«

»Ich muß alles tun, was sie sagt.«

»Angenommen, sie sagt, Sie sollen Ihre Köttel essen – würden Sie das auch tun?«

»Ich glaub schon . . .«

»Grovers, Sie haben bloß Schiß vor Frauen. Das geht vielen Männern so.«

»Nein, was mir angst macht, sind ihre Tricks . . .«

»Ich hab schon sämtliche Tricks gesehn, Grovers.«

»Sie haben nicht gesehen, wie sie aus dem Nichts auftaucht. Wie sie durch die Decke verschwindet . . .«

»Grovers, Sie langweilen mich. Das ist doch 'n Haufen Scheiß.«

»Nee, isses nich.«

»›Isses nich‹? Wo zum Kuckuck kommen Sie denn her? Sie reden wie ein Hinterwäldler.«

»Und Sie sehn nicht aus wie ein Detektiv, Mr. Belane.«

»Wie? Was? Wie seh ich denn aus?«

»Tja, äh . . . lassen Sie mich mal überlegen . . .«

»Lassen Sie sich nicht zuviel Zeit. Das kostet Sie sechs Dollar die Stunde.«

»Na ja, Sie sehen aus . . . wie ein Klempner.«

»Ein Klempner? Aha. Ein Klempner. Was würden Sie machen ohne Klempner? Können Sie sich jemand vorstellen, der wichtiger ist als ein Klempner?«

»Der Präsident.«

»Der Präsident. Na bitte – falsch! Sobald Sie den Mund aufmachen, sagen Sie was Falsches.«

»Ich sag nichts Falsches.«
»Da, sehen Sie? Schon wieder falsch!«
Ich drückte die Zigarre aus und steckte mir eine Zigarette an. Dieser Mensch war eine einzige Pleite. Aber er war ein Klient. Ich sah ihn nachdenklich an. Es war harte Arbeit. Ich ließ es sein und schaute an seinem linken Ohr vorbei.
»Also, was wollen Sie von mir? Was soll ich machen mit dieser Außerirdischen namens Jeannie Nitro?«
»Sie mir vom Hals schaffen.«
»Ich bin kein Auftragskiller, Grovers.«
»Sorgen Sie einfach dafür, daß sie aus meinem Leben verschwindet.«
»Hatten Sie schon Sex?«
»Sie meinen heute?«
»Ich meine mit *ihr.*«
»Nein.«
»Wissen Sie, wo die Alte wohnt? Telefonnummer? Beruf? Tätowierungen? Hobby? Besondere Gewohnheiten?«
»Das letzte, ja . . .«
»Nämlich?«
»Sie verschwindet durch die Decke und all so was.«
»Grovers, Sie spinnen. Sie brauchen nicht mich, Sie brauchen einen Psychiater.«
»Bei Psychiatern war ich schon.«
»Und was sagen die?«
»Nichts. Aber sie berechnen mir mehr als sechs Dollar die Stunde.«
»Wieviel denn?«
»Hundertfünfundsiebzig.«
»Das beweist, daß Sie spinnen.«
»Wieso?«
»Wer sich soviel abknöpfen läßt, der muß plemplem sein.«
Wir schwiegen uns wieder an. Kam mir reichlich doof vor. Ich versuchte nachzudenken und bekam Kopfschmerzen.

Die Tür flog auf. Und rein kam ... dieses Weib. Ich kann euch sagen. Es gibt Milliarden Weiber da draußen, ja? Manche sehn ganz passabel aus. Die meisten sogar ziemlich gut. Aber manchmal leistet sich die Natur einen tollen Trick und schafft eine ganz besondere Frau, eine unglaubliche. Ich meine, man sieht hin und traut seinen Augen nicht. Alles an ihr ist vollkommen. Und in Bewegung. Quecksilbrig. Schlangengleich. Man sieht eine Ferse, einen Ellbogen, eine Brust, ein Knie, und alles vereint sich zu einer totalen, gigantischen Verlockung. Die fabelhaften Augen lächeln dich an, der Mund ist leicht abschätzig nach unten gebogen, die Lippen scheinen jeden Augenblick über deine Hilflosigkeit lachen zu wollen. Und sie versteht sich zu kleiden, und ihre langen Haare glühen in der Luft. Verdammt, es ist nicht zum Aushalten.

Grovers stand auf.

»Jeannie!«

Sie glitt durch den Raum wie eine Stripperin auf Rollschuhen. Blieb vor uns stehen. Die Wände wellten sich.

»Hal«, sagte sie zu Grovers, »was willst du mit diesem drittklassigen Schnüffler?«

»Hey, halt die Luft an, du Zicke!« sagte ich.

»Na ja, Jeannie«, sagte Grovers, »ich hab ein kleines Problem, und da hab ich gedacht, ich wende mich an jemand, der mir helfen kann.«

»Wegen was?«

»Kann ich dir nicht verraten. Meine Lippen sind versiegelt.«

»Hal, du hast kein Problem, solang du mich hast. Alles, was dieser drittklassige Schnüffler kann, das kann ich besser.«

Ich stand auf. Einen Ständer hatte ich eh schon.

»Ah ja, Puppe? Laß mal sehn, wie du einen achtzehn Zentimeter langen Steifen kriegst.«

»Sexistenschwein!«

»Siehst du? Da bist du baff!«

Sie schlingerte eine Weile durchs Zimmer und verdrehte uns den Kopf. Dann drehte sie sich zu Grovers um und sagte: »Komm her, du Hund! Kriech zu mir her! Los!«
»Tun Sie's nicht, Hal!« schrie ich.
»Hm?«
Er lag bereits auf dem Bauch und kroch zu ihr hin. Näher und näher. Bis er vor ihren Füßen war.
»So«, sagte sie. »Jetzt leck mir die Schuhe!«
Grovers machte es. Er leckte und leckte. Jeannie sah mich an und grinste. Ein hohntriefendes Grinsen. Mir platzte der Kragen.
»Du verfluchte Hure!« schrie ich.
Ich machte den Hosengürtel auf, zog ihn aus den Schlaufen, nahm ihn doppelt und ging um den Schreibtisch herum.
»Verfluchte Hure! Dir polier ich den Arsch!«
Ich ging auf sie los. Der Anblick ihres sagenhaften Hinterns ging mir durch und durch. Meine Seele, oder was ich davon noch hatte, zitterte in freudiger Erregung. Der Himmel wellte sich und kippte.
»Laß den Gürtel fallen, du Armleuchter«, sagte sie. Sie schnippte mit den Fingern.
Der Gürtel fiel mir aus der Hand. Ich erstarrte.
»Komm, Dummerchen«, sagte sie zu Grovers. »Steh auf. Wir verschwinden aus dieser blöden Bude.«
»Ja, Darling.«
Grovers stand auf und folgte ihr. Die Tür ging auf und wieder zu, und weg waren sie. Ich konnte mich immer noch nicht rühren. Das Luder hatte mich anscheinend mit einer Strahlenpistole gelähmt. Ich war starr und steif. Hatte ich vielleicht doch den falschen Beruf gewählt? Nach zwanzig Minuten spürte ich ein Prickeln am ganzen Körper. Ich stellte fest, daß ich die Augenbrauen bewegen konnte. Dann den Mund.
»Verdammt«, sagte ich.

Nach und nach lockerte sich die Starre. Ich konnte einen Schritt machen. Noch einen. Ich kam bis zum Schreibtisch und setzte mich dahinter. Zog die Schublade auf. Holte den Wodka raus. Drehte den Schraubverschluß auf und trank einen kräftigen Schluck. Ich beschloß, den Tag sausen zu lassen und morgen einen neuen Anfang zu machen.

19

Nächster Tag. Wieder im Büro. Ich fand mich nicht mehr zurecht. Weder mit meinen Klienten noch sonstwie. Dagegen mußte ich was unternehmen. Ich hatte die Geschäftsnummer von Jack Bass. Ich rief ihn an.

»Hallo«, sagte er.

»Bass, hier ist Nick Belane.«

»Sie! Sie hab ich gefressen!«

»Vorsicht, Bass. Ich hab 'n Schwarzen Gürtel.«

»Den werden Sie auch brauchen, wenn Sie mal wieder in mein Schlafzimmer reinplatzen.«

»Jack, ich hab nur 'n Hintern gesehn, der rauf- und runterging. Daß Sie es waren, hab ich erst gemerkt, als Sie sich umgedreht haben.«

»Wer hätt es denn sonst sein sollen? Denken Sie, irgendein Typ nagelt meine Alte in meinem eigenen Haus?«

»Ist ja schon oft genug vorgekommen.«

»Was??«

»Ich meine nicht bei Ihnen, Jack.«

»Wo dann?«

»Spielt doch keine Rolle.«

»Was spielt keine Rolle?«

»Ich meine, es hat nichts mit diesem Fall zu tun. Reden wir mal Tacheles.«
»Was?«
»Wollen Sie, daß ich weitermache, oder nicht?«
»Sie kommen ja nicht voran. Sie filmen bloß meinen Arsch.«
»Nein, ich hab auch schon was, Jack.«
»So? Was denn?«
»Ein Indiz.«
»Ein *was?*«
»Einen Anhaltspunkt.«
»Indiz? Anhaltspunkt? Von was reden Sie da?«
»Ich weiß, daß sie's mit einem Kerl hat. Ich kenne ihn. Zwielichtiger Typ. Da bahnt sich nichts Gutes an.«
»Sie haben sie miteinander erwischt?«
»Noch nicht.«
»Warum nicht?«
»Ich gehe Schritt für Schritt vor. Ich will, daß sie sich ihre eigene Grube graben.«
»Können Sie sie nicht jetzt schon hochnehmen?«
»Nein, ich muß warten, bis er den Gong scheppern läßt.«
»Was?«
»Ich muß die beiden auf frischer Tat ertappen.«
»Ich frage mich, ob Sie überhaupt wissen, was Sie tun, Belane.«
»Ich weiß genau, was ich tue. Sobald er den Gong scheppern läßt, ist alles geritzt.«
»Immer diese Ausdrücke. Muß das sein?«
»Die Welt ist kein Kindergarten, Jack. Ich muß sehn, wie ich einen Finger in die Ritze kriege.«
»In die *Ritze?*«
»Ich will sie am Arsch kriegen. Das soll ich doch, oder nicht?«
»Es reicht, wenn Sie mir einen Beweis liefern.«
»Ist schon so gut wie gegessen, Bass.«

»Sie meinen, Sie sind nah dran?«
»Ich kann es riechen. Ich kann es schmecken. Ich hab den Zinken voll dran. Ich kenne den Kerl. Er ist Franzose. Und was mit Franzosen ist, das wissen Sie ja.«
»Nein, was ist denn mit ihnen?«
»Wenn Sie's nicht wissen, kann ichs Ihnen nicht sagen, Bass. Ich hab nicht den ganzen Tag Zeit. Also – soll ich jetzt mit dem gottverdammten Fall weitermachen, oder nicht?«
»Sie sagen, Sie sind nah dran?«
»Ich hab die beiden schon in der Mangel.«
»Was?«
»Wollen Sie's oder nicht? Ich zähle bis fünf. Eins, zwei, drei, vier . . .«
»Schon gut. Ja. Machen Sie weiter.«
»Fein. Jetzt nur noch ne Kleinigkeit . . .«
»Was denn noch?«
»Ich brauch einen weiteren Vorschuß. Für einen Monat.«
»Einen *Monat?* Ich dachte, Sie sind kurz davor.«
»Ich muß ihnen die Falle stellen. Alles einfädeln. Damit es auch hinhaut. Sobald er den Gong scheppern läßt . . .«
»Ja, ja, schon gut! Der Scheck ist unterwegs!«
Schon hatte er aufgelegt. Hörte sich richtig liebeskrank an, der Trottel . . .
Als nächstes rief ich Grovers an. Der hatte mir auch seine Geschäftsnummer gegeben. Er ließ es dreimal klingeln, ehe er abnahm.
»Hallo«, sagte er. »Bestattungsinstitut Silver Haven.«
»Ach je«, sagte ich.
»Wie?«
»Grovers, Sie machen ja an Leichen rum.«
»Wie bitte?«
»Leichen. *Leichen.* Hier ist Nick Belane.«
»Was wollen Sie, Mr. Belane?«
»Ich arbeite an der Sache mit Ihrer Außerirdischen.«

»Ja, ich weiß.«
»Sagen Sie, Hal, warum machen Sie so was?«
»Was meinen Sie?«
»Das mit den Toten. Warum?«
»Es ist mein Beruf. Von irgendwas muß man ja leben.«
»Aber von Leichen? Find ich irgendwie abartig. Krank. Zapfen Sie ihnen das Blut ab? Und was machen Sie anschließend damit?«
»Das macht ein Angestellter von mir. Billy French.«
»Geben Sie ihn mir mal. Ich will mit ihm reden.«
»Er ißt gerade.«
»Sie meinen, er ist essen *gegangen* . . .«
»Ja.«
Ich überlegte. Dann holte ich tief Luft und sagte: »Hören Sie, Grovers, wollen Sie, daß ich die Sache weiter verfolge?«
»Sie meinen Jeannie Nitro?«
»Ja sicher. Oder haben Sie noch mehr Ischen aus dem All, die was von Ihnen wollen?«
»Nein.«
»Also. Wollen Sie, daß ich sie Ihnen vom Hals schaffe?«
»Natürlich. Aber meinen Sie, Sie können es auch? Bei der ersten Begegnung mit ihr haben Sie voll danebengehauen.«
»Grovers, sogar Ted Williams hat ab und zu danebengehauen. Ich hau Ihnen das Flittchen so aus den Latschen, daß Sie nichts mehr von ihr sehen.«
Er runzelte die Stirne.
»Ich finde nicht, daß sie ein Flittchen ist.«
»Ist mir nur so rausgerutscht. Ich wollte die Tussi nicht beleidigen.«
»Glauben Sie, Sie können was ausrichten?«
»Ich bin bereits an was dran, Grovers. Ich seh da ein Indiz. Einen Zusammenhang.«
»Und zwar?«

»Ich hab noch nicht alles beisammen. Aber die Tatsache, daß Sie's mit Leichen machen und sie eine Außerirdische ist – das ist ein Indiz.«
»Was meinen Sie damit, Mr. Belane?«
»Ich kanns noch nicht endgültig sagen, aber ich hab einen Fachmann für solche Fälle konsultiert. Er hat ein Buch über Außerirdische geschrieben. Aber er braucht erst noch ein paar Informationen über Sie.«
»Na schön, was wollen Sie wissen?«
»Moment. Eh ich mich weiter reinknie, brauch ich nochmal einen Vorschuß. Für zwei Wochen.«
»Und Sie sind sicher, daß Sie was erreichen?«
»Herrgott, ich sag doch, daß ich drauf und dran bin!«
»Na gut, Mr. Belane. Ich schicke Ihnen heute noch einen Scheck. Für zwei Wochen.«
»Sehr klug von Ihnen, Mr. Grovers.«
»Ja. Oh, da kommt Billy French gerade von seinem Lunch. Wollen Sie mit ihm sprechen?«
»Nein, aber fragen Sie ihn, was er gegessen hat.«
»Augenblick ...«
Ich wartete. Nach einer Weile war er wieder da. »Rinderbraten und Kartoffelbrei.«
»Is ja eklig!«
»Wie?«
»Ich muß jetzt Schluß machen, Mr. Grovers.«
»Aber ich dachte, Sie wollten noch einiges von mir wissen.«
»Ich schick Ihnen einen Fragebogen.«
Ich legte auf und schwang die Füße auf den Schreibtisch. Allmählich fand ich den Faden wieder. Ich war auf Draht. Nick Belane, der Schnüffler. Aber es blieb immer noch die Suche nach dem Red Sparrow. Und die Sache mit Céline und Lady Death. An Lady Death war nicht vorbeizukommen. *Das* war ein hartgesottenes Flittchen.
Ich meine, das brachte es doch auf den Nenner, ja?

20

Ich mußte kombinieren. Alles im Zusammenhang sehen. Irgendwie hatte alles miteinander zu tun: Weltall, Tod, Sparrow, Leichen, Céline, Cindy, Bass. Aber das Puzzle gelang mir nicht. Noch nicht. Meine Schläfen schmerzten. Ich mußte raus. Zwischen diesen vier Wänden würde ich die Antwort nicht finden. Ich fing schon an zu spinnen und stellte mir vor, ich wäre mit Lady Death, Cindy und Jeannie Nitro im Bett. Mit allen dreien auf einmal. Das war zuviel. Ich setzte meinen Derby auf und verließ das Büro.

Ich landete auf der Rennbahn. Hollywood Park. Hier gab es im Moment keine Rennen, weil die Pferde bei der Oak-Tree-Rennwoche waren. Die Rennen wurden auf Monitoren übertragen, und man konnte wetten wie sonst auch.

Auf der Rolltreppe war einer hinter mir, der so tat, als würde er gegen meine Hüfttasche stolpern.

»Oh, Verzeihung«, sagte er. »Entschuldigen Sie.«

Ich habe meine Brieftasche immer in der linken Hosentasche. Man lernt dazu. Nach einer Weile.

Ich kam am Turf Club vorbei und schaute rein. Nur ein paar alte Herren. Mit Geld. Wie machten sie das? Und wieviel brauchte der Mensch? Und was hatten sie davon? Jeder geht doch pleite ins Grab. Und die meisten von uns leben auch so. Es ist entnervend. Allein morgens die Schuhe an die Füße zu kriegen ist schon ein Sieg.

Als ich durch die Tür vom Klubhaus kam, sah ich den Briefträger. Er stand da und schlürfte einen Kaffee. Ich ging zu ihm.

»Mensch, wer hat dich denn reingelassen?«

Sein Gesicht war noch ganz verquollen.

»Belane«, sagte er, »dich bring ich um.«

»Du solltest keinen Kaffee trinken«, sagte ich. »Da kannst du nachts nicht schlafen.«
»Ich mach dich alle, Belane. Deine Tage sind gezählt.«
»Auf wen tippst du im ersten Rennen?« fragte ich ihn.
»Dog Ears.«
»Da«, sagte ich und gab ihm zwei Dollar. »Viel Glück.«
»Mensch, Belane! Danke!«
»Vergiß es«, sagte ich und ließ ihn stehen.
Dauernd kam einem was in die Quere. Es hörte nicht auf. Man kam nie zur Ruhe.
Ich ging an die Theke und ließ mir einen großen Kaffee geben.
»Auf wen tippst du im ersten, Belane?« fragte die Bedienung.
»Kann ich dir nicht sagen, sonst bringst du den Toto auf Null.«
»Na, vielen Dank«, sagte sie. »Arschloch.«
Ich nahm das Trinkgeld wieder an mich und steckte es in die Tasche. Vor dem Monitor setzte ich mich auf einen freien Platz und schlug die *Racing Form* auf. Da hörte ich hinter mir eine Stimme.
»Mit den zwei Lappen kaufst du dich nicht frei, Belane. Du bist erledigt.«
Es war der Briefträger. Ich stand auf und drehte mich zu ihm um.
»Dann gib die verdammten zwei Dollar wieder her!«
»Nichts zu machen, Mann!«
»Ich zerleg dich!« drohte ich.
Er lächelte und beugte sich vor. Ich spürte eine Messerspitze an meinem Bauch. Den Rest der Klinge deckte er mit den Fingern ab.
»Das sind fünfzehn Zentimeter! Und die würd ich dir liebend gern in deinen blöden fetten Ranzen jagen!«
»Wieso arbeitest du heute nicht? Wer zum Kuckuck trägt die Post aus?«

»Halt die Klappe! Ich muß überlegen, ob ich dich kaltmachen soll oder nicht.«
»Sportsfreund, ich hab zehn Dollar für dich. Die kannst du auf Dog Ears setzen.«
»Wieviel?«
»Zwanzig.«
»Wieviel?«
»Fünfzig.«
»Na gut. Greif in deine Brieftasche, nimm einen Fünfziger raus, und steck ihn mir in die Hemdtasche.«
Ich spürte, wie mir der Schweiß hinter den Ohren runterlief. Ich fummelte die Brieftasche aus meiner linken Hosentasche, zog einen Fünfziger raus und stopfte ihn in seine Hemdtasche. Die Messerspitze ging weg.
»So, jetzt setz dich hin, und vertief dich in dein Rennprogramm.«
Das tat ich. Noch einmal spürte ich die Messerspitze, diesmal im Nacken.
»Kannst von Glück sagen«, meinte er. Und ging.
Ich blieb sitzen und trank meinen Kaffee aus. Dann stand ich auf und ging raus, fuhr auf der Rolltreppe nach unten, stieg auf dem Parkplatz in mein Auto und fuhr weg. An manchen Tagen läuft einfach alles schief.
Ich fuhr nach Hollywood rein, parkte irgendwo und ging in ein Kino. Ich besorgte mir Popcorn und einen Becher Limonade und suchte mir einen Platz. Der Film lief schon, aber ich sah nicht hin. Kaute nur mein Popcorn und schlürfte die Limo. Und fragte mich, ob Dog Ears das erste Rennen gewonnen hatte.

21

In der Nacht fand ich keinen Schlaf. Ich trank Bier, ich trank Wein, ich trank Wodka. Nützte alles nichts.
Ich hatte keinen einzigen Fall gelöst. Meine Fälle dämmerten vor sich hin. Mein Vater hatte mir gesagt, ich würde immer ein Versager sein. Er war auch einer gewesen. Vererbung.
Ich stellte den Fernseher an, den ich im Schlafzimmer habe. Auf dem Bildschirm erschien eine junge Dame, die mir sagte, sie würde mit mir reden und dafür sorgen, daß ich mich gut fühle. Ich bräuchte nur eine Kreditkarte. Ich entschied mich dagegen. Dann verschwand ihr Gesicht und das von Jeannie Nitro erschien.
»Belane«, sagte sie, »misch dich ja nicht in meine Angelegenheiten ein.«
»Was??«
Sie sagte es noch mal. Ich machte den Fernseher aus. Goß mir noch einen Wodka ein. Pur. Knipste das Licht aus. Saß im Dunkeln auf dem Bett. Trank einen Schluck.
Auf einmal gab es ein enormes Gesumme, wie von einem aufgeschreckten Bienenschwarm. Dann blendete mich ein feuerroter Blitz – und Jeannie Nitro stand da. Mir fuhr der Schreck in sämtliche Glieder.
»Hab ich dich erschreckt, Belane?« fragte sie.
»Gott nee«, antwortete ich. »Hast du keine Manieren? Schon mal was von Anklopfen gehört?«
Sie sah sich um. »Du brauchst ne Putzfrau«, sagte sie. »Die Bude starrt ja vor Dreck.«
Ich stürzte meinen Wodka runter und warf das Glas auf den Boden.
»Das braucht dich nicht zu kümmern. Ich zieh deinen Arsch aus dem Verkehr.«
»Zum Detektiv fehlen dir drei Dinge«, sagte sie.

»Und zwar?«
»Ehrgeiz, Übersicht und Spürsinn.«
»Ah ja? Na, dich hab ich jedenfalls durchschaut, Baby.«
»So?«
»Du schmeißt dich an Grovers ran, weil er Bestattungsunternehmer ist, und in seinen Leichen willst du deine Freunde aus dem All unterbringen.«
Sie setzte sich in meinen Sessel, nahm sich eine von meinen Zigaretten, brannte sie an und lachte.
»Seh ich aus wie ne wandelnde Leiche?«
»Das nicht grade.«
»Wir machen uns selbst unsere Körper – paß mal auf!«
Wieder das Summen, dann ein roter Blitz, und drüben in der Zimmerecke erschien eine zweite Jeannie Nitro. Sie stand neben meiner Topfpflanze.
»Hallo, Belane«, sagte sie.
»Hallo, Belane«, sagte die Jeannie Nitro, die im Sessel saß.
»Hey«, sagte ich, »könnt ihr in zwei Körpern gleichzeitig sein?«
»Nein«, sagte die Jeannie Nitro im Sessel. »Aber«, sagte die neben der Topfpflanze, »wir können von einem Körper in den andern wechseln.«
Ich stieg aus dem Bett, hob mein Glas vom Boden auf und goß mir noch einen Wodka ein.
»Du gehst ja mit Unterhose ins Bett«, sagte die eine Jeannie.
»Widerlich«, sagte die andere.
Ich setzte mich mit meinem Drink aufs Bett und stopfte mir ein Kissen in den Rücken.
Wieder summte und blitzte es, und die Jeannie neben der Topfpflanze war verschwunden. Ich wandte mich an die im Sessel.
»Hör zu«, sagte ich, »Grovers will dich vom Hals haben. Dazu hat er mich angeheuert, und das werd ich auch tun.«

»Große Worte für einen, der so gut wie nichts auf der Pfanne hat.«
»So? Ich hab schon härtere Fälle geknackt.«
»Tatsächlich? Erzähl mal.«
»Meine Aufträge sind vertraulich.«
»Vertraulich oder nichtexistent?«
»Mach mich nicht wütend, Jeannie, sonst ...«
»Sonst was?«
»Sonst ...« Ich hob gerade das Glas zum Mund. Als nur noch ein paar Zentimeter fehlten, erstarrte mein Arm. Ich konnte mich nicht mehr bewegen.
»Du bist drittklassig, Belane. Leg dich nicht mit mir an. Diesmal laß ich dich noch davonkommen. Kannst von Glück sagen.«
Von Glück sagen. Das hörte ich jetzt schon zum zweiten Mal in zwölf Stunden.
Jeannie Nitro verschwand. Mit Summen und Blitz.
Ich saß im Bett, das Glas immer noch fünf Zentimeter vom Mund, und konnte mich nicht rühren. Während ich abwartete, hatte ich Zeit, über meine Karriere zu sinnieren. Aber der Aufwand lohnte sich kaum. War vielleicht doch der falsche Beruf für mich. Doch für was anderes war es inzwischen zu spät.
Also saß ich eben da und wartete. Nach ungefähr zehn Minuten setzte das Prickeln ein, und ich konnte die Hand ein bißchen bewegen. Dann noch ein bißchen mehr. Ich brachte das Glas an die Lippen, und es gelang mir, den Kopf nach hinten zu legen und den Wodka runterzukippen. Ich warf das Glas auf den Boden, legte mich lang und wartete mal wieder auf den Schlaf. Von draußen hörte ich irgendwo Schüsse, die mir sagten, daß mit der Welt noch alles in Ordnung war. Fünf Minuten später schlief ich so tief und fest wie alle anderen.

22

Ich wachte auf und fühlte mich mies. Starrte an die Decke mit ihren Rissen vom letzten Erdbeben und sah einen Büffel, der etwas niedertrampelte. Mich wahrscheinlich. Dann sah ich eine Schlange mit einem Kaninchen im Maul. Die Sonnenstrahlen, die durch die zerfledderte Jalousie drangen, bildeten ein Hakenkreuz auf meinem Bauch. Mein Arsch juckte. Kamen etwa die Hämorrhoiden wieder? Ich hatte einen steifen Hals, und im Mund hatte ich einen Geschmack wie von schlechtgewordener Milch.

Ich stand auf und ging ins Badezimmer. Ich haßte es, in diesen Spiegel zu sehen, aber ich tat es trotzdem. Und sah nichts als Niederlagen und Depressionen. Dunkle Tränensäcke unter den Augen. Kleine, feige Augen wie die einer Maus, die der verflixte Kater in einer Ecke hat. Meine Haut wirkte so schlapp, als hätte sie aufgegeben. Als wäre es ihr verhaßt, daß sie zu mir gehörte. Meine Augenbrauen waren verheddert und hingen runter und sahen aus wie der verfilzte Wahnsinn. Grauenhaft. Ich sah zum Kotzen aus. Und hatte eine solche Verstopfung, daß ich nicht mal scheißen konnte. Ich stellte mich zum Pinkeln vor die Kloschüssel, zielte auch richtig, aber es kam seitwärts raus und plätscherte auf den Boden. Ich versuchte eine Korrektur, und jetzt pißte ich die ganze Klobrille voll – ich hatte vergessen, sie hochzuklappen. Ich riß Klopapier ab, wischte den Boden und die Brille trocken, warf alles rein und drückte die Spülung. Als ich aus dem Fenster schaute, saß gegenüber auf dem flachen Dach eine Katze und schiß.

Ich drehte mich um, nahm meine Zahnbürste, hielt die Tube drüber und quetschte. Es kam zuviel raus. Träge glitt es an der Seite runter und fiel ins Waschbecken. Grünes Zeug. Sah aus wie ein grüner Wurm. Ich tunkte den Finger rein, machte mir den Klacks auf die Bürste und fing an zu schrubben. Zähne. Noch so was Bescheuertes, ohne das es nicht ging. Weil wir essen mußten. Und essen und wieder essen. Wir waren doch alle widerlich. Verdammt zu unseren miesen kleinen Verrichtungen. Essen und furzen und kratzen und lächeln und Festtage feiern.

Nach dem Zähneputzen legte ich mich wieder ins Bett. Ich fühlte mich ausgelaugt, ich hatte keinen Pep mehr. Ich war eine Reißzwecke. Ein Stück Linoleum.

Ich beschloß, bis Mittag im Bett zu bleiben. Vielleicht war bis dahin die Hälfte der Menschheit tot, und der Rest war nur noch halb so schwer zu ertragen. Wenn ich bis Mittag im Bett blieb, fühlte ich mich vielleicht besser. Vielleicht war ich sogar besser anzuschauen. Ich kannte mal einen, der tagelang keinen Stuhlgang hatte. Am Ende ist er einfach explodiert. Ehrlich. Die Scheiße flog ihm aus dem Bauch.

Das Telefon klingelte. Ich ließ es klingeln. Morgens nehme ich nie ab. Es klingelte fünfmal, dann war wieder Ruhe. Na bitte. Ich war wieder allein mit mir. Auch wenn ich mich zum Kotzen fand, es war immer noch besser, als mit jemand zusammen zu sein, einem von denen da draußen mit ihren jämmerlichen kleinen Tricks und Verrenkungen. Ich zog mir die Decke ans Kinn und wartete.

23

In Hollywood Park wurde das vierte Rennen angesagt, als ich rauskam. Ich brauchte dringend einen Erfolg. Meine Anhaltspunkte führten in Sackgassen. Ich nahm die Liste heraus, die ich mir gemacht hatte:

1. Feststellen, ob Céline der richtige ist. Lady Death informieren.
2. Den Red Sparrow finden.
3. Feststellen, ob Cindy ihren Mann betrügt. Falls ja, am Arsch kriegen.
4. Grovers die Außerirdische vom Hals schaffen.

Ich faltete das Blatt zusammen, steckte es wieder ein und schlug die *Racing Form* auf. Die Pferde des vierten Rennens kamen auf die Bahn. Es war ein warmer, angenehmer Tag. Alles hatte etwas Verträumtes.

Hinter mir räusperte sich jemand. Ich drehte mich um. Es war Céline.

»Reizender Tag«, sagte er und lächelte mich an.

»Verdammt, was machst du denn hier?«

»Ich hab Eintritt bezahlt. *Die* wollten nicht wissen, was ich hier mache.«

»Spionierst du mir nach, Motherfucker?« fragte ich.

»Dasselbe wollte ich dich fragen«, meinte er.

»Gibt auch sonst noch ein paar Sachen, die ich nicht verstehe.«

»Geht mir auch so«, sagte er. Er kletterte über die Sitzreihe nach vorn und setzte sich neben mich. »Wir müssen uns mal unterhalten.«

»Gern. Dann sag mir doch erst mal deinen Namen. Den richtigen, meine ich.«

Etwas Hartes stupste mich in die Rippen. Unter seiner Jacke hatte er einen Revolver mit kurzem Lauf in der Hand.

»Hast 'n Waffenschein für das Ding?« fragte ich.

»Ich stelle hier die Fragen«, sagte er und stupste mich noch mal.

»Nur zu«, sagte ich.

»Wer läßt mich beschatten?«

»Lady Death.«

Er lachte. »Lady Death? Willst du mich verscheißern?«

»Ich verscheißer dich nicht. So nennt sie sich – ›Lady Death‹.«
»Hat sie wohl nicht mehr alle, wie?«
»Kann sein.«
»Wo finde ich die Schnepfe?«
»Keine Ahnung. Sie meldet sich nur bei mir.«
»Das soll ich dir abkaufen?«
»Weiß ich doch nicht. Es ist alles, was ich zu verkaufen hab.«
»Was will sie?«
»Sie will wissen, ob du der richtige Céline bist.«
»So?«
»Ja.«
»Auf wen tippst du im nächsten Rennen?« fragte er.
»Green Moon«, sagte ich.
»Green Moon. Für den hab ich mich auch entschieden.«
»Na fein«, sagte ich, »dann laß mich mal meine Wette plazieren. Bin gleich wieder da.« Ich stand auf.
»Setz dich hin«, warnte er mich, »oder ich puste dir die Eier weg.«
Ich setzte mich.
»Also«, sagte er, »ich will dieses Weib los sein. Außerdem will ich ihren richtigen Namen. Den Quatsch von wegen ›Lady Death‹ schluck ich nicht. Ich will, daß du dich dahinterklemmst. Und zwar ab sofort!«
»Aber ich arbeite doch für *sie.* Wie kann ich da gleichzeitig für dich arbeiten?«
»Ist dein Problem, Fettsack.«
»Fettsack?«
»Dir hängt der Bauch übern Hosenbund.«
»Ob da was hängt oder nicht – wenn ich was für dich erledigen soll, verlang ich Honorar. Und ich machs nicht billig.«
»Sag deinen Preis.«
»Sechs Dollar die Stunde.«

Er griff in die Tasche, nahm ein Bündel Scheine raus und steckte es mir in die Hemdtasche.
»Da. Einen Monat im voraus.«
Die Pferde preschten jetzt die Zielgerade lang, und die Meute brüllte. Und wer führte mit drei Längen? Und siegte mit vier? Green Moon. Sechs für eins.
»Scheiße«, sagte ich, »du hast mich um einen Gewinn gebracht. Green Moon hat abgeräumt.«
»Quatsch nicht«, sagte er. »Kümmer dich um meinen Auftrag.«
»Ja, ja, schon gut. Wo erreiche ich dich?«
»Das ist meine Nummer«, sagte er und gab mir einen kleinen Fetzen Papier.
Dann stand er auf, ging den Mittelgang runter und verschwand.
Ich wußte, daß ich an einer großen Sache dran war, aber ich wurde nicht schlau daraus. Tja. Ich mußte mich berappeln, das war alles.
Ich blätterte das Rennprogramm um und sah mir das Feld des nächsten Rennens an.

24

Am folgenden Tag fuhr ich zum Bestattungsinstitut Silver Haven, um mich dort mal umzusehen. Also das war wirklich ein lohnender Geschäftszweig – die hatten nie Flaute. Ich parkte den Wagen und ging rein. Nette Bude. Feierliche Stille. Dicker, angeschmuddelter Teppichboden. Von der Halle kam ich in einen großen Raum. Das Sarglager. Särge für Große und Kleine, Dicke und Dünne. Manche Leute erstanden ihren Sarg schon zu Lebzeiten. Nichts für mich. Scheiß drauf.

Niemand war zu sehen. Ich hätte leicht einen Sarg stehlen können. Ihn an einem Seil zu meiner Karre ziehen und damit wegfahren. Wo war Grovers? War denn keiner da?

Es juckte mich, in so einen Sarg mal reinzusehen. Das Jucken wurde stärker, und schließlich tat ich es. Hob den Deckel und schaute rein. Und *schrie* vor Entsetzen. Knallte den Deckel wieder zu.

Eine nackte Frau hatte dringelegen. Jung, gutaussehend, aber tot. Wow!

Hal Grovers kam gelaufen.

»Belane, was machen *Sie* denn hier?«

»Was ich mache? Was soll das heißen? Wo waren Sie denn die ganze Zeit?«

»Auf dem Klo. Warum haben Sie so geschrien?«

Ich zeigte auf den Sarg.

»Sie haben da ne Leiche drin! 'n junges Ding mit großen Titten!«

Grovers ging hin und hob den Deckel.

»Da ist keine Leiche, Mr. Belane.«

»Was?«

Ich stellte mich neben ihn und sah rein. Der Sarg war leer.

Ich fuhr herum und packte Grovers am Kragen.

»Ist das vielleicht ein Trick, Baby? Ich hab sie gesehn! Ich hab ihre *Muschi* gesehn! Eine junge tote Tussi! Treiben Sie ein Spielchen mit mir? Sie und ... Billy French, der Blutsauger! Mit mir ist nicht zu spaßen, Grovers!«

»Niemand leistet sich einen Spaß, Belane. Sie halluzinieren.«

Ich ließ ihn los.

»Entschuldigung«, sagte ich. »Ich hätte es wissen müssen.«

»Was denn?«

»Jeannie Nitro. Sie macht mich durcheinander. Sie weiß, daß ich hinter ihr her bin.«

»Ich habe sie eine ganze Weile nicht mehr gesehen. Vielleicht ist sie fort.«
»Sie ist nicht fort, Grovers. Sie wartet.«
»Auf was?«
»Weiß ich noch nicht.«
Ich drehte mich um und warf einen Blick durch den Raum.
»Grovers, sagen Sie mir mal ganz schnell, wieviele Tote im Moment hier sind!«
»Zwei haben wir grade fertig. Sie sind im Andachtsraum.«
»Die muß ich sehen!«
»Wie bitte?«
»Soll ich diesen Fall lösen oder nicht?«
»Ja, doch.«
»Dann muß ich mir die zwei Leichen ansehen.«
»Aber warum nur?«
»Wenn ichs Ihnen sage, würden Sie nie drauf kommen.«
»Was soll das denn heißen?«
»Vergessen Sie's. Lassen Sie mich endlich 'n Blick drauf werfen.«
»Sie bringen mich da in große Verlegenheit.«
»Kommen Sie schon! Los!«
»Na gut. Folgen Sie mir ...«
Wir gingen in den Andachtsraum. Vornehme Angelegenheit. Kerzen verbreiteten gedämpftes Licht. Drei Särge standen da.
»Also, jetzt lassen Sie mal sehn«, sagte ich.
»Könnten Sie mir bitte den Grund sagen?«
»Jeannie Nitro will ihre Außerirdischen in Ihren Leichen unterbringen. Als Versteck. Als Schutzpanzer, verstehn Sie, wie bei ner Schildkröte. Nitro hat sich an Sie rangemacht, damit sie an diese Toten kommt.«
»Aber das sind Tote, die demnächst beerdigt werden und verwesen. Wie sollen sie denen nützen?«
»Die Außerirdischen verkriechen sich in Toten, bis sie beerdigt werden, und dann suchen sie sich neue.«

»Aber warum sollten sie sich in Toten verstecken? Warum nicht in Tanks oder Höhlen oder so was? Warum nicht in Lebenden?«

»Weil Lebende was merken würden, Sie Idiot. Also machen Sie die Särge auf, Grovers! Ich glaube, sie sind da drin!«

»Belane, ich glaube, Sie sind wahnsinnig.«

»Los, machen Sie auf!«

Grovers öffnete den ersten. Hübscher Eichensarg. Ein Bursche von etwa achtunddreißig lag drin. Er hatte rotes Wuschelhaar und trug einen billigen Anzug.

»In dem ist einer von ihnen drin«, sagte ich zu Grovers.

»Woher wissen Sie das?«

»Weil er sich grade bewegt hat!«

»Was??«

»Er hat sich bewegt!«

Ich griff rein und packte den Mann am Hals.

»Los, mach schon! Raus mit dir! Ich weiß, daß du da drin bist!«

Während ich ihn am Hals schüttelte, ging der Mund auf, und zwei Ballen Mull quollen heraus.

Ich prallte zurück.

»Scheiße! Was'n das?!«

Grovers gab einen entnervten Seufzer von sich.

»Belane, an dem habe ich gut eine Stunde gearbeitet. Ich hab ihm die Backen ausgestopft, damit er gesund und ansprechend aussieht. Jetzt hat er wieder ganz eingefallene Wangen! Ich muß alles nochmal machen!«

»Entschuldigung, das hab ich nicht gewußt. Aber ich glaube, wir kommen der Sache näher. Machen Sie den nächsten Sarg auf. Bitte.«

»Machen Sie ihn auf. Ich finde das widerlich. Ich weiß nicht, warum ich so was zulasse. Ich muß verrückt sein.«

Ich ging zu einem Fichtensarg, hob den Deckel und sah rein. Und traute meinen Augen nicht.

»Soll das ein Witz sein, Grovers? Solche Witze macht man nicht. Ich finde das überhaupt nicht witzig!«
Die Gestalt, die im Sarg lag, war ich. Der Sarg war mit Samt ausgeschlagen, und ich hatte ein wächsernes Lächeln im Gesicht. Ich trug einen dunkelbraunen zerknitterten Anzug, und meine Hände lagen gefaltet auf der Brust und hielten eine weiße Nelke.
Ich drehte mich zu Grovers um.
»Was zum Kuckuck ist hier los, Baby. Wo habt ihr den da her?«
»Oh, das ist Mr. Andrew Douglas. Er war eine führende Persönlichkeit hier am Ort und ist ganz plötzlich an Herzschlag gestorben.«
»Erzählen Sie keinen Scheiß, Grovers – der Steife da drin, das bin ich! *Ich!*«
»Quatsch«, sagte Grovers. Er ging an den Sarg und schaute rein. »Es ist Mr. Douglas.«
Ich schaute nochmal rein. Und sah einen alten weißhaarigen Knaben von siebzig oder achtzig. Er sah ganz gut aus. Sie hatten ihm Rouge auf die Backen getan und die Lippen ein bißchen angemalt. Seine Haut glänzte, als hätten sie Autopolitur verwendet. Aber ich war es nicht.
»Jeannie Nitro«, sagte ich. »Sie verdreht uns das Hirn.«
»Ich glaube, es liegt nur an Ihnen, Mr. Belane. Sie sind sehr durcheinander.«
»Klappe«, sagte ich. Ich mußte überlegen. Irgendwie ergab alles einen Sinn. Es mußte zusammenpassen.
Ein Mann kam und blieb an der Tür stehen.
»Ich hab die Leiche fertig, Hal.«
»Danke, Billy. Kannst jetzt Schluß machen.«
Billy French machte kehrt und verschwand.
»Herrgott, Grovers, wäscht der sich nie die Hände?«
»Wieso? Was meinen Sie?«
»Er hatte rotes Zeug dran.«

»Blödsinn.«
»Doch, ich habs gesehn.«
»Mr. Belane. Möchten Sie auch noch in den dritten Sarg sehen? Er ist allerdings leer. Ein Herr hat ihn sich ausgesucht.«
Ich drehte mich um und starrte das Ding an.
»Liegt er da *drin?*«
»Nein, der Gentleman lebt noch. Es ist eine Vorbestellung. Darauf geben wir zehn Prozent Rabatt. Möchten Sie auch einen? Wir haben sehr schöne Stücke hier.«
»Nee danke, Grovers, ich hab jetzt ne Verabredung. Ich melde mich dann wieder.«
Ich drehte mich auf dem Absatz um, ging wieder durch die Halle und raus in die gute frische Luft. Wenn sich einer seinen eigenen Sarg aussucht, muß er ein verklemmter Wicht sein, der sechsmal die Woche an sich fummelt.
Ich stieg in den VW, ließ den Motor an und zwängte mich in den fließenden Verkehr. Ein Kerl in einem Kleinbus dachte, ich hätte ihn geschnitten. Er zeigte mir den Finger. Ich revanchierte mich, indem ich dasselbe tat.
Es begann zu regnen. Ich kurbelte das Fenster auf der Beifahrerseite hoch – das einzige, das ging – und stellte das Radio an.

25

Der Psychiater hieß Seymour Dundee. Ich fuhr mit dem Lift in die sechste Etage, und sein Wartezimmer war voll von Bekloppten. Ein Typ las eine Zeitung, die er verkehrt herum hielt. Die meisten Patienten, Männer wie Frauen, hockten

stumm da. Man hatte den Eindruck, daß sie nicht einmal atmeten. Im Raum herrschte eine düstere, bedrückende Atmosphäre. Ich ließ mich von der Sekretärin eintragen und setzte mich auf einen freien Platz.
Der Kerl neben mir hatte einen braunen und einen schwarzen Schuh an den Füßen. »He, du«, sagte er.
»Ja?«
»Kannst du mal 'n Penny wechseln?«
»Nee«, sagte ich. »Nicht heute.«
»Morgen vielleicht?«
»Vielleicht morgen, ja.«
»Aber morgen find ich dich vielleicht nicht mehr«, beklagte er sich.
Hoffentlich, dachte ich.
Wir warteten und warteten. Die ganze Belegschaft. Wußte der Seelendoktor nicht, daß Warten zu den Dingen gehört, die einen in den Wahnsinn treiben? Das ganze Leben bestand doch schon aus Warten. Warten aufs Leben, Warten aufs Sterben. Selbst für Klopapier mußte man Schlange stehn und warten. Am Bankschalter: Anstehen und auf Geld warten. Und wenn man kein Geld hatte, wartete man woanders in einer noch viel längeren Schlange. Man wartete auf den Schlaf, und dann wartete man, daß man wieder aufwachte. Man wartete auf die standesamtliche Trauung, und man wartete darauf, daß man sich endlich wieder scheiden lassen konnte. Auf den Regen warten, und dann wieder warten, daß er aufhört. Man wartete auf was zu essen, und dann wartete man, daß es wieder was zu essen gab. Man saß im Wartezimmer eines Psychiaters in Gesellschaft von lauter Bekloppten und fragte sich, ob man selber einer war.
Das lange Warten hatte mich wohl eingeschläfert, denn die Sekretärin mußte mich wachrütteln. »Mr. Belane? Mr. Belane, Sie sind jetzt dran.«
Sie war ein häßliches altes Mädchen. Noch häßlicher als ich.

Ich zuckte zusammen, als ich ihr Gesicht so dicht vor mir sah. So muß einmal der Tod sein, dachte ich. So wie dieses alte Mädchen.
»Honey«, sagte ich, »ich bin soweit.«
»Kommen Sie«, sagte sie.
Ich folgte ihr durchs Wartezimmer. Sie hielt mir eine Tür auf, und da saß ein sehr selbstgefälliger Mensch hinter seinem Schreibtisch, in einem dunkelgrünen Hemd und einer aufgeknöpften, ausgeleierten orangeroten Strickjacke. Er hatte eine getönte Brille auf der Nase und paffte mit einer Zigarettenspitze einen Glimmstengel.
Er wies auf einen Stuhl. »Nehmen Sie Platz.«
Die Sekretärin schloß die Tür und verschwand.
Dundee hatte einen Füller in der Hand und machte Krakel auf ein Blatt Papier. »Das kostet Sie hundertsechzig Dollar die Stunde«, sagte er, ohne den Blick vom Papier zu nehmen.
»Rutsch mir 'n Buckel runter«, sagte ich.
Jetzt schaute er hoch. »Ha! Das finde ich gut!«
Er kritzelte wieder einiges. Dann fragte er: »Weshalb sind Sie hier?«
»Ich weiß nicht, wo ich anfangen soll.«
»Sie könnten damit anfangen, daß Sie von zehn rückwärts zählen.«
»Pimper doch deine Mutter«, sagte ich.
»Aha!« sagte Dundee. »Sie haben mit ihrer also verkehrt?«
»In welcher Form? Verbal? Geistig? Drücken Sie sich mal deutlicher aus.«
»Sie wissen schon, was ich meine.«
»Nee, weiß ich nicht.«
Er machte mit Daumen und Zeigefinger der linken Hand einen Ring und schob den rechten Zeigefinger durch. »So«, sagte er. »Hmmm . . .«

»Ach ja, ich erinner mich«, sagte ich. »Sie hat mir mal die Hand hingehalten und so'n Ring gemacht, und ich hab meinen Finger durchgesteckt.«

»Wollen Sie mich auf den Arm nehmen?« sagte Dundee. »Machen Sie sich ja nicht über mich lustig!«

Ich beugte mich über den Schreibtisch. »Du kannst von Glück sagen, daß ich dich bloß auf den Arm nehme, Freundchen.«

»Ah ja?« sagte er und lehnte sich zurück.

»Ja. Mach mich nicht an, Baby. Ich bin zu allem fähig.«

»Mr. Belane, ich bitte Sie. Was wollen Sie denn?«

Ich hieb mit der Faust auf den Tisch. *»Verdammt, ich brauch Hilfe!«*

»Ja natürlich, Mr. Belane. Wie sind Sie auf mich gekommen?«

»Branchenverzeichnis.«

»Im Branchenverzeichnis? Ich stehe nicht im Branchenverzeichnis.«

»Doch. Seymour Dundee, Psychiater. Garner Building, Nummer 604.«

»Hier ist 605. Ich bin der Anwalt Samuel Dillon. Mr. Dundee ist nebenan. Ich fürchte, Sie haben sich in der Tür geirrt.«

Ich stand auf und grinste ihn an. »Sie verscheißern mich, Dundee. Sie wollen sich revanchieren. Wenn Sie glauben, daß Sie mich austricksen können, haben Sie Hühnerscheiße im Kopf!«

Ich war da, weil ich rausfinden wollte, ob das mit Céline, Red Sparrow, Lady Death, den Außerirdischen und Sam und Cindy Bass tatsächlich Realität war oder ob ich nicht mehr richtig tickte.

Es ergab doch alles keinen rechten Sinn. War ich daneben? Was wollte ich mit dem ganzen Kram? Warum mühte ich mich damit ab?

Der Mensch, der sich Samuel Dillon nannte, drückte auf einen Knopf, und die Sekretärin kam wieder. Sie war immer noch häßlicher als ich. Nichts hatte sich geändert.

»Molly«, sagte er, »bitte begleiten Sie den Herrn nach nebenan zu Dr. Dundee. Danke.«

Ich folgte ihr nach draußen in den Korridor. Sie öffnete die Tür von Nummer 604 und zischelte: »Laß dir dein Hirn einrenken, Wichser . . .«

Auch dieses Wartezimmer war voll besetzt. Als erstes fiel mir der Kerl mit dem braunen und dem schwarzen Schuh auf, der gewollt hatte, daß ich ihm einen Penny wechsle. Er sah mich.

»He, Mister . . .«

Ich ging zu ihm.

»Dir isses auch passiert, hm?« fragte er.

»Was?«

»Hehe . . . die falsche Tür erwischt . . . die falsche Tür!«

Ich machte sofort kehrt, ging da raus und stieg in den Fahrstuhl. Wartete, daß er unten ankam. Wartete, daß die Tür aufging. Ging durchs Foyer, raus auf die Straße, und fand meinen Wagen wieder. Stieg ein. Drehte den Zündschlüssel. Wartete, bis der Motor warmgelaufen war. Die Ampel an der nächsten Kreuzung stand auf rot. Ich wartete. Drückte den Zigarettenanzünder rein und wartete wieder. Die Ampel sprang auf grün, der Anzünder schnalzte raus, und ich zündete mir im Weiterfahren eine Zigarette an. Mir war, als müßte ich mal im Büro vorbeischauen. Ich hatte das Gefühl, daß jemand auf mich *wartete.*

26

Das war ein Irrtum. Im Büro war niemand. Ich ging um den Schreibtisch herum und setzte mich.

Was für ein seltsames Gefühl. So vieles paßte nicht zusammen. Zum Beispiel der Mann im Büro des Anwalts – warum hatte er seine Zeitung verkehrt herum gelesen? Der gehörte doch auch ins Wartezimmer des Psychiaters. Oder war vielleicht nur der äußere Teil der Zeitung verkehrt herum, und der Innenteil, in dem er las, war richtig? Gab es einen Gott? Und wo war der Red Sparrow? Ich hatte mir zuviel auf einmal vorgenommen. Schon morgens aufzustehen, das war doch, als würde man gegen die blanke Mauer des Universums anrennen. Vielleicht sollte ich lieber in eine Oben-Ohne-Bar gehen und der Tänzerin einen Fünfer unter die Schnur klemmen. Und versuchen, alles zu vergessen. Oder zu einem Boxkampf und zusehen, wie zwei Typen einander die Scheiße aus dem Leib prügelten.

Aber Trouble und Schmerzen, das hielt den Menschen am Leben. Oder der Versuch, beidem aus dem Weg zu gehen. Das hielt einen vierundzwanzig Stunden am Tag auf Trab. Und manchmal kam man nicht einmal im Schlaf zur Ruhe. In meinem letzten Traum hatte ich wie gelähmt unter einem Elefanten gelegen, der grade im Begriff war, den größten Schiß aller Zeiten zu tun, und kurz bevor es auf mich runterklatschte, lief mir mein Kater Hamburger übers Gesicht und weckte mich auf. Erzähl so 'n Traum mal einem Psychiater, und er wird irgendwas Grausiges daraus machen. Du zahlst ihm ein übertriebenes Honorar, und deshalb wird er sich größte Mühe geben, daß du dich miserabel fühlst. Er wird dir sagen, daß die Kackwurst ein Penis ist und daß du ihn entweder willst oder davor Angst hast. In Wirklichkeit ist er es, der den Penis will. Oder davor Angst hat. Es ist bloß ein Traum von einem großen Klumpen Elefantenscheiße, weiter nichts. Manchmal ist etwas einfach nur das, was es zu sein scheint, und damit hat es sich. Der beste Deuter eines Traums ist der Träumer. Behaltet euer Geld. Oder verwettet es auf einen guten Gaul.

Ich trank einen Schluck kalten Sake. Meine Ohren prikkelten, und ich fühlte mich ein wenig besser. Ich spürte, wie mein Hirn langsam warmlief. Ich war noch nicht tot. Nur im Stadium des rapiden Verfalls. Aber wer war das nicht? Wir saßen alle im gleichen leckgeschlagenen Boot und munterten uns gegenseitig auf. Weihnachten, zum Beispiel. Ja, bleibt mir nur weg damit. Wer das Ding erfunden hat, mußte sich nie mehr unnötig abschleppen. Wir anderen müssen den meisten Krempel abstoßen, nur um rauszufinden, wo wir sind – bzw. nicht sind. Je mehr man abstößt, desto klarer sieht man. Alles läuft verkehrt rum. Geh rückwärts, und das Nirwana plumpst dir in den Schoß. Klar.

Noch ein Schluck Sake. Ich kam in Fahrt. Um die Kurve. Volldampf voraus. Nick Belane, der Superschnüffler.

Das Telefon schrillte. Ich nahm den Hörer ab, wie jeder normale Mensch den Hörer abnimmt. Aber doch nicht ganz. Manchmal erinnert mich das Telefon an einen Batzen Elefantenkacke. Wegen dem ganzen Scheiß, der aus dem Hörer kommt. Ein Telefon ist ein Telefon, aber was rauskommt ist ein Fall für sich.

»Als Philosoph sind Sie aber eine glatte Niete«, sagte Lady Death.

»Ich komm damit bestens zurecht«, sagte ich.

»Die Menschen leben von ihrer Verblendung.«

»Warum auch nicht?« gab ich zurück. »Was gibts denn sonst?«

»Das Ende der Verblendung.«

»Ach, Mumpitz.«

»Selber Mumpitz. Was tut sich in Sachen Céline?«

»Da blick ich inzwischen voll durch, Baby.«
»Lassen Sie hören, Dicker.«
»Ich möchte, daß Sie sich morgen mittag um halb drei in Musso's Restaurant mit mir treffen.«
»Na schön, aber Sie sollten auch was zu bieten haben. Haben Sie was?«
»Ja, aber es soll ne Vernaschung werden.«
»Was soll das denn heißen?«
»Sorry. 'Ne Überraschung, wollte ich sagen.«
»Wehe, Sie haben nichts ...«
»Ich würde jederzeit mein Leben drauf verwetten«, sagte ich.
»Das haben Sie grade«, sagte Lady Death und legte auf.
Ich schob das Telefon weg und starrte es eine Weile an. Ich nahm einen Zigarrenstummel aus dem Ascher, brannte ihn an, machte einen Zug und würgte.
Dann griff ich nochmal zum Telefon und wählte Célines Nummer.
Am anderen Ende läutete es viermal, dann hörte ich seine Stimme.
»Ja?«
»Sir, sie haben eine Zwei-Pfund-Schachtel Pralinen und eine Reise nach Rom gewonnen.«
»Ich weiß nicht, wer Sie sind, aber kommen Sie mir ja nicht dumm!«
»Hier ist Nick Belane ...«
»Dann nehm ich die Pralinen.«
»Wir treffen uns morgen mittag um halb drei bei Musso's.«
»Warum?«
»Laß dich einfach blicken, Frenchy, und du bist deine Probleme los.«
»Geht die Rechnung auf dich?«
»Ja.«
»Dann komm ich.«
Er legte auf.

Niemand sagte noch »Wiedersehn«. Nicht in unserer Welt.
Ich beäugte die Flasche Sake.
Und machte mich darüber her.

27

Es war viertel vor zwei. Ich hatte bei Musso's einen Tisch ergattert und einen Wodka-Seven vor mir stehen. Céline und Lady Death sollten sich in wenigen Minuten zum erstenmal begegnen. Zwei meiner Klienten. Die Geschäfte gingen gut. Die Frage war nur, wohin sie führten.
In der Nische auf der anderen Seite saß einer, der mich anstarrte. Es gibt Leute, die starren einen an wie Kühe, und es ist ihnen gar nicht bewußt. Ich trank einen Schluck, und als ich das Glas absetzte, starrte er immer noch herüber. Ich geb ihm zwei Minuten, dachte ich, und wenn er bis dahin nicht aufgehört hat, knöpf ich ihn mir vor.
Nach einer Minute und fünfundvierzig Sekunden stand er auf und ging auf meinen Tisch zu. Ich tastete nach der Waffe im Schulterhalfter. Steckte. Der beste Riemen, den ein Mann haben konnte. Der Kerl sah aus wie ein Parkwächter. Oder ein Zahnarzt vielleicht. Er hatte einen häßlichen Schnurrbart und ein falsches Lächeln. Oder war es ein falscher Schnurrbart und ein häßliches Lächeln? Am Tisch blieb er stehen und sah dräuend auf mich runter.
»Hör zu, Mann«, sagte ich, »tut mir leid, aber ich hab keine losen Münzen dabei.«
»Ich will Sie nicht anbetteln«, sagte er.
Er machte mich nervös. Er hatte Augen wie ein toter Fisch.

»Wo drückt denn dann der Schuh?« erkundigte ich mich. »Haben sie dich aus dem Motelzimmer geschmissen?«

»Nee«, sagte er, »ich wohn bei meiner Mutter.«

»Wie alt bist du?«

»Sechs'nvierzig.«

»Ist ja krank.«

»Nee, *sie* isses. Kann das Wasser nicht mehr halten. Gummiwindeln und der ganze Scheiß.«

»Oh«, sagte ich, »das tut mir leid.«

»Mir auch.«

Er dräute weiter vor sich hin.

»Tja«, sagte ich, »ich weiß nicht, was ich da machen kann.«

»Sie können nichts machen.«

Ich trank mein Glas aus.

»Ich hab Sie bloß . . .«, sagte er, ». . . was fragen wollen.«

»Na gut, dann tu's doch.«

»Sind Sie nicht Spike Jenkins?«

»Wer?«

»Spike Jenkins. Aus Detroit. Sie ham im Schwergewicht geboxt. Ich hab Ihren Kampf gegen Tiger Forster gesehn. Einer der größten Fights, die ich je erlebt hab.«

»Wer hat gewonnen?« fragte ich.

»Tiger Forster.«

»Ich bin nicht Jenkins. Geh zurück und hock dich wieder hin.«

»Sie verarschen mich wirklich nicht? Sie sind nicht Spike Jenkins?«

»Nie gewesen.«

»Na, ich will verdammt sein . . .«

Er drehte sich um, ging zurück in seine Nische und hockte sich hin. Wie ich ihm gesagt hatte.

Ich schaute auf die Uhr. Punkt halb drei. Wo blieben die beiden?

Ich winkte den Kellner heran und bestellte noch mal dasselbe ...

Fünf nach halb kam Céline. Er blieb einen Augenblick stehen und schaute durchs Lokal. Ich spießte meine Serviette mit einer Gabel auf und winkte damit. Er kam an den Tisch und setzte sich.

»Ich nehme einen Scotch mit Soda«, sagte er. Sein Timing war gut. Der Kellner brachte gerade meinen zweiten Drink. Ich gab die Bestellung an ihn weiter.

Ich trank meinen Wodka runter und fühlte mich seltsam unbeteiligt. Als ginge mich alles nichts an – Lady Death, Céline, der Tod. Der Beruf hatte mich ausgelaugt. Ich hatte keinen Ehrgeiz mehr. Das Leben war nicht nur absurd, es war pure Knochenarbeit. Wenn man sich nur vorstellte, wie oft man in einem Leben frische Unterwäsche anzog. Erschreckend. Ekelhaft. Stupid.

Auf einmal stand der Kerl aus der Nische wieder da. Diesmal wollte er was von Céline.

»Hey, der Typ da bei Ihnen am Tisch – ist das nicht Spike Jenkins?«

Céline schaute zu ihm hoch. »Wenn Sie heile Eier behalten wollen, Sir, dann gehn Sie bitte schnellstens weg.«

Der Kerl verzog sich.

»Also«, sagte Céline, »warum bin ich hier?«

»Ich werde dich mit Lady Death bekannt machen.«

»Aha. Der Tod ist also eine Lady, wie?«

»Manchmal ...«

Sein Drink kam. Er kippte ihn runter.

»Was ist mit dieser Lady?« fragte er. »Wollen wir sie entlarven oder was?«

»Hast du mal Spike Jenkins im Ring gesehn?«

»Nein.«

»Er hatte ne täuschende Ähnlichkeit mit mir«, sagte ich.

»Darauf würd ich mir nicht viel einbilden.«

Da kam *sie* rein. Lady Death. Toll angezogen. Mörderisch. Sie kurvte durchs Lokal und setzte sich zu uns.
»Whiskey Sour«, sagte sie.
Ich machte dem Kellner ein Zeichen und gab ihm die Bestellung.
»Ich weiß nicht recht, wie ich euch bekannt machen soll«, sagte ich zu Céline. »Ich bin mir nicht sicher, wer ihr wirklich seid.«
»Was bist du denn für'n Schnüffler?« fragte er.
»Der beste in L.A.«
»So? Und wofür steht L.A.?«
»Lahme Arschlöcher.«
»Hast du getrunken?«
»Kürzlich, ja.«
Lady Death bekam ihren Whisky, kippte ihn und wandte sich an Céline.
»Also, dann stell dich mal vor. Wie heißt du?«
»Spike Jenkins.«
»Spike Jenkins ist tot.«
»Woher weißt du das?«
»Ich *weiß* es.«
Ich winkte dem Kellner und bestellte eine neue Runde.
»Tja«, sagte ich, »wir haben hier ein eindeutiges Patt. Und ich bezahle hier laufend Drinks. Also machen wir doch ne kleine Wette, und wer verliert zahlt die nächste Runde.«
»Was für ne Wette?« fragte Céline.
»Ach, irgendwas Einfaches. Zum Beispiel, aus wieviel Ziffern unsere Führerscheinnummer besteht.«
»Finde ich doof«, sagte Céline.
»Sei kein Spielverderber«, sagte ich.
»Jetzt kneif mal nicht«, sagte Lady Death.
»Tja, da muß ich raten«, meinte Céline.
»Nur zu«, sagte ich.

»Streng dich an, Baby«, sagte Lady Death.
»Also gut«, sagte Céline, »ich sage acht.«
»Ich sage sieben«, sagte Lady Death.
»Und ich fünf«, sagte ich. »So, jetzt wollen wir mal sehn. Raus mit den Führerscheinen.«
Wir fischten die Dinger raus.
»Ah«, sagte Lady Death, »meiner hat sieben!«
»Verdammt«, sagte ich, »meiner auch.«
»Meiner hat acht«, sagte Céline.
»Das kann nicht sein«, sagte ich. »Laß mal sehn . . .«
Ich nahm ihm den Führerschein aus der Hand und zählte nach.
»Es sind sieben. Du hast den Buchstaben vor der Nummer mitgezählt. So gehts ja nicht. Da, bitte . . .«
Ich gab den Führerschein an Lady Death weiter. Die Nummer hatte sieben Ziffern. Und dann stand noch etwas Interessantes da: LOUIS FERDINAND DESTOUCHES. Geburtsjahr: 1894 . . .
Verdammt. Ich zitterte am ganzen Körper. Zwar ohne Zähneklappern, aber doch beachtlich. Mit großer Willensanstrengung reduzierte ich es auf ein Frösteln. Nicht zu fassen. Er *war* es. Saß mit uns bei Musso's an einem Tisch, an einem Nachmittag an der Schwelle zum 21. Jahrhundert.
Lady Death war restlos begeistert. Sie strahlte vor Freude und wirkte noch schöner als zuvor.
»Gib meinen verdammten Führerschein wieder her«, sagte Céline.
»Aber sicher, Großer«, sagte Lady Death mit einem Lächeln und gab ihm das Ding zurück.
»Tja«, sagte ich zu ihm, »sieht so aus, als hätten wir beide verloren. Werfen wir doch ne Münze, um zu sehn, wer berappt – einverstanden?«
»Klar«, sagte er.

Ich nahm meinen Glückspfennig raus, warf ihn hoch, fing ihn aus der Luft und rief Céline zu: »Sag, was du nimmst!«

»Zahl!« schrie er.

Ich klatschte den Pfennig auf den Tisch. Kopf.

»Irgendwie«, sagte ich, während ich den Pfennig wieder einsteckte, »hab ich das Gefühl, daß heut nicht dein Tag ist.«

»Das wird *mein* Tag«, sagte Lady Death.

Die Drinks wurden serviert.

»Die gehn auf mich«, sagte Céline zum Kellner.

Wir saßen mit unseren Gläsern da.

»Irgendwie komm ich mir gelinkt vor«, sagte Céline. Er schüttete sich den Drink rein. »Man hat mich gewarnt vor euch Ganoven aus L. A.«

»Praktizierst du noch Medizin?« fragte ich ihn.

»Ich mach hier den Schirm zu«, sagte er.

»Ach komm«, sagte Lady Death, »trink noch einen. Das Leben ist kurz.«

»Nee, Scheiße, ich verschwinde hier!«

Er warf einen Zwanziger auf den Tisch, stand auf und ging.

»Tja«, sagte ich zu Lady Death, »der ist weg . . .«

»Noch nicht ganz«, sagte sie.

Man hörte quietschende Bremsen, dann ein lautes dumpfes Geräusch wie beim Zusammenprall von Metall und Fleisch. Ich sprang auf und lief nach draußen. Mitten auf dem Hollywood Boulevard lag Céline und regte sich nicht mehr. Aus dem uralten Oldsmobile, der ihn erwischt hatte, stieg ein dickes Weib mit einem großen roten Hut und kreischte in den höchsten Tönen. Céline lag sehr still. Ich wußte, daß er tot war.

Ich machte kehrt und ging wieder ins Lokal. Lady D. war nicht mehr da. Ich setzte mich an den Tisch und sah, daß mein Glas noch unberührt war. Ich änderte das. Die Guten sterben alt, dachte ich. Dann saß ich nur noch da.

»Hey, Jenkins«, sagte jemand, »deine Freunde sind ja alle weg. Wo sind sie denn hin, deine Freunde?«
Es war der dräuende Typ. Der war immer noch da.
»Was trinkst du?« fragte ich ihn.
»Cola-Rum.«
Ich winkte den Kellner an den Tisch. »Zwei Cola-Rum«, sagte ich. »Eins für mich und eins für den da.«
Die Drinks kamen. Der Kerl trank seinen in der Nische, und ich blieb mit meinem am Tisch.
Jetzt hörte ich die Sirenen. An dem Tag, wo du sie nicht mehr hörst, kommen sie wegen dir.
Ich trank aus, ließ mir die Rechnung geben, zahlte mit Kreditkarte, gab 20 % Trinkgeld und verzog mich.

28

Im Büro legte ich am nächsten Tag die Füße auf den Schreibtisch und genoß eine gute Zigarre. Ich fand, daß ich ein voller Erfolg war. Ich hatte einen Fall gelöst. Zwei Klienten verloren, aber einen Fall gelöst. Nur war die Tafel noch nicht blank. Der Red Sparrow stand noch drauf. Die Sache mit Cindy Bass. Hal Grovers und Jeannie Nitro, die Außerirdische. Meine Gedanken wanderten zwischen Cindy und Jeannie hin und her. Eine angenehme Beschäftigung. Jedenfalls besser, als auf Wildenten ansetzen und drauf warten, daß sie endlich losflattern.
Dann kam ich auf Probleme und wie man im Leben damit fertig wird. Leute, die Probleme lösten, hatten gewöhnlich eine Menge Beharrlichkeit und einiges Glück. Wenn man lange genug dranblieb, stellte sich das Glück oft von selbst

ein. Die meisten verstanden es nicht, auf das Glück zu warten, und gaben irgendwann auf. Nicht Belane. Der machte nicht schlapp. Der war erste Sahne. Zu allem bereit. Vielleicht ein bißchen faul. Aber raffiniert.
Ich zog die obere rechte Schublade auf, holte die Wodkaflasche raus und genehmigte mir einen Hit. Auf den Sieg. Der Sieger macht Geschichte, und die reizenden Jungfrauen himmeln ihn an . . .
Das Telefon klingelte. Ich nahm ab. »Belane.«
»Denk nur nicht, daß du mich los bist«, sagte die Dame am anderen Ende. Es war Lady Death.
»Sag mal, Baby, können wir nicht 'n Deal machen?«
»Das hat es noch nie gegeben, Belane.«
»Ist doch kein Grund. Tun wirs einfach.«
»Nichts zu machen, Belane.«
»Na gut. Wie wärs, wenn du mir ein Datum gibst, verstehst du . . . einen T. T.«
»Was ist das denn?«
»Todestag.«
»Wozu soll das gut sein?«
»Damit ich mich drauf einstellen kann, Lady.«
»Das sollten Menschen sowieso.«
»Tun sie aber nicht, Lady. Sie vergessen es. Sie ignorieren es. Oder sie sind einfach zu dumm, um daran zu denken.«
»Das kümmert mich nicht, Belane.«
»Kümmert dich überhaupt was?«
»Mein Job.«
»Mich auch, Lady. Mein Job.«
»Na bitte. Gut für dich, Dicker. Ich wollte dir mit diesem Anruf nur sagen, daß ich dich nicht vergessen habe . . .«
»*Vielen* Dank, Lady. Damit hast du mir echt den Tag versüßt.«
»Bis später, Belane . . .«
Sie legte auf.

Immer ruiniert dir jemand den Tag. Wenn nicht das ganze Leben. Ich drückte die Zigarre aus, setzte meinen Derby auf, schloß das Büro ab und fuhr mit dem Lift nach unten. Vor dem Gebäude blieb ich stehen und sah ihnen zu, wie sie alle herumliefen. Mir wurde flau im Magen. Ich ging einen halben Block und setzte mich in der Pinte da unten – The Eclipse – an die Bar. Ich mußte meinen Grips anstrengen. Ich hatte Fälle zu lösen und wußte nicht, wo ich anfangen sollte. Ich bestellte mir einen Whiskey Sour mit einem Bier hinterher. Eigentlich hätte ich mich am liebsten irgendwo hingelegt und ein paar Wochen geschlafen. Alles setzte mir zu. Früher war es noch aufregend gewesen. Nicht sehr, aber wenigstens ein bißchen. Interessiert euch wahrscheinlich nicht. Drei Ehen, drei Scheidungen. Zum Sterben geboren. Und darauf gefaßt. Und jetzt? Nichts zu tun, als Fälle zu lösen, die kein anderer wollte. Nicht für sechs Dollar die Stunde.
Ganz am Ende der Bar saß einer, und ich *wußte* einfach, daß er mich angaffte. Bis auf den Barkeeper und mich war niemand im Lokal. Ich trank aus, beorderte den Barmann zu mir und bestellte nochmal dasselbe. Er hatte eine Menge Haar im Gesicht.
»Dasselbe, hm?« sagte er.
»Ja – aber diesmal stärker.«
»Für den gleichen Preis?«
»Tun Sie Ihr möglichstes«, sagte ich.
»Wie soll ich das verstehn?«
»Das wissen Sie nicht?«
»Nee.«
»Na, dann denken Sie mal drüber nach, während Sie meinen Drink machen.«
Er schob ab.
Der Typ am Ende der Bar machte sich jetzt bemerkbar. Er winkte mir zu und schrie: »Wie läufts, Eddie?«
»Ich bin nicht Eddie«, gab ich zurück.

»Du siehst aus wie Eddie.«
»Interessiert mich 'n Scheißdreck, ob ich wie Eddie ausseh oder nicht«, sagte ich.
»Suchst du vielleicht Ärger?«
»Yeah«, sagte ich. »Willst du welchen machen?«
Der Barkeeper brachte meinen Drink, nahm sich etwas von dem Geld, das ich auf der Bar liegen hatte, und sagte: »Ich hör Sie reden, und ich denk mir mein Teil.«
»Wer hat dir gesagt, daß du denken kannst?«
»Ich brauch Sie nicht zu bedienen«, sagte er.
»Wenn du das Geld nicht willst, behalt ichs.«
»Ich will's nicht *so* dringend . . .«
»Dann sag mal, *wie* dringend . . .«
»Gib ihm nichts mehr!« schrie der Typ am Ende der Bar.
»Noch ein Wort von dir, und du hast meinen Fuß im Arsch. Ich sorg dafür, daß sie dir roten Schaum aus den Backen saugen! Mit'm Gummischlauch!«
Der Typ setzte bloß ein dünnes Lächeln auf. Der Barmann stand noch immer da.
»Schau her«, sagte ich, »ich komm hier rein und will 'n stillen, friedlichen Drink zischen, und sofort kommt mir jeder mit'm Haufen Scheiß! Übrigens, hast du den Red Sparrow gesehen?«
»Den Red Sparrow? Was'n das?«
»Wenn du ihn siehst, weißt du's. Ach was, vergiß es . . .«
Ich trank aus und ging. Auf der Straße war es erträglicher. Ich latschte vor mich hin. Etwas mußte nachgeben, und das würde nicht ich sein. Ich zählte die Vollidioten, die mir begegneten. Nach zweieinhalb Minuten war ich bei fünfzig und verzog mich in die nächste Kneipe.

29

Ich setzte mich auf einen Hocker am Tresen. Der Barkeeper kam her.
»Tag. Eddie«, sagte er.
»Ich bin nicht Eddie.«
»Ich bin Eddie«, sagte er.
»Mach mich ja nicht an, du«, eröffnete ich ihm.
»Nee, das machen Sie mal selber . . .«
»Hör mal, ich bin ein friedfertiger Mensch. Ziemlich normal. Ich schnüffle nicht an fremden Achselhöhlen und zieh mir auch keine Damenunterwäsche an. Aber wo ich auch hinkomme, überall krieg ich dumme Sprüche zu hören, und man läßt mir keine Ruhe. Wie kommt das?«
»Ich denk mir, daß Sie's irgendwie herausfordern.«
»Tja, Eddie, dann stell mal das Denken ein und sieh zu, daß du mir 'n doppelten Wodka-Tonic machst, mit'm Fitzelchen Limone drin.«
»Limone ham wir nicht.«
»Doch. Ich seh sie von hier.«
»Die ist nicht für Sie.«
»So? Für wen denn? Elizabeth Taylor? Also, wenn du heut nicht innem Krankenhausbett übernachten willst, dann rück die Limone raus, und tu mir 'n Stück in den Drink. Pronto.«
»Yeah? Was woll'n Sie denn gegen mich machen? Oder ham Sie ne Truppe, die Ihnen hilft?«
»Junge, noch eine pampige Antwort, und du kriegst keine Luft mehr.«
Er sah mich an und überlegte, ob er die Herausforderung annehmen sollte. Dann blinzelte er, tat das Vernünftige und mixte meinen Drink. Ich sah ihm auf die Finger. Keine Tricks. Er stellte mir das Glas hin.

»War doch bloß Spaß, Mister. Verstehn Sie keinen Spaß?«
»Kommt drauf an, wie er serviert wird.«
Eddie ging wieder ans Ende der Bar.
Ich hob mein Glas und trank es aus. Zog einen Schein aus der Tasche, nahm das Stück Limone und quetschte es drauf. Dann wickelte ich den Schein darum und flippte das ganze zum Barkeeper runter. Es blieb vor ihm liegen, und er starrte es an. Ich stand langsam auf, rollte mit dem Kopf, um meine Nackenmuskeln zu lockern, und ging raus. Ich beschloß, in mein Büro zu gehen. Es gab Arbeit für mich. Ich hatte blaue Augen, und niemand liebte mich. Außer mir selbst. Ich schlappte vor mich hin und summte meine Lieblingsmelodie aus »Carmen«.

30

Ich schloß die Tür zu meinem Büro auf, und als ich reinging, sah ich Jeannie Nitro auf dem Schreibtisch sitzen. Sie hatte die Beine übereinander und ließ ihre Stöckelschuhe wippen.
»Belane«, sagte sie lächelnd. »Wie gehts, du besoffener Jammerlappen?«
Sie sah fabelhaft aus. Es war leicht zu sehen, weshalb Grovers in der Bredouille war. Was machte es schon, daß sie eine Außerirdische war? So wie sie aussah, wünschte man sich mehr von der Sorte. Aber Grovers war mein Klient. Ich mußte ihm die da vom Hals schaffen, sie ausknipsen und aus dem Verkehr ziehen. Ich kam nie zum Verschnaufen. Ich strampelte mich dauernd für andere ab.
Ich kurvte hinter den Schreibtisch, ließ mich auf den Drehstuhl plumpsen, warf meinen Derby auf den Hutständer,

brannte mir eine Zigarre an und seufzte. Jeannie blieb, wo sie war, und wippte mit den Beinen.

»Um deine Frage zu beantworten, Jeannie: Es geht mir ganz passabel.«

»Ich will einen Deal mit dir machen, Belane.«

»Ich hör mir lieber ne Sonate von Scarlatti an.«

»Wie lang hast du schon keine Frau mehr im Bett gehabt?«

»Wen kümmert das?«

»Dich sollte es kümmern.«

»Und wenn nicht?«

»Und wenn doch?«

»Bietest du dich etwa an, Jeannie?«

»Vielleicht.«

»Was heißt vielleicht? Entweder ja oder nein.«

»Es würde zum Deal gehören.«

»Und der wäre?«

Sie rutschte vom Schreibtisch und ging auf meinem Teppichboden auf und ab. Sah verdammt gut aus.

»Belane«, sagte sie, ohne ihre Wanderung zu unterbrechen, »ich gehöre zur Vorhut einer Invasion aus dem All. Wir werden uns die Erde klemmen.«

»Warum?«

»Ich bin vom Planeten Zoros. Wir leiden an Übervölkerung. Deshalb brauchen wir die Erde.«

»Na, warum kommt ihr dann nicht einfach? Ihr seid von Menschen nicht zu unterscheiden. Da würde keinem was auffallen.«

Jeannie blieb stehen und drehte sich zu mir um.

»Wir sehen nicht so aus, Belane. Was du siehst ist eine Täuschung.«

Sie kam zurück und setzte sich wieder auf den Schreibtisch.

»Wie seht ihr denn wirklich aus?« fragte ich.

»So ...«
Es gab einen roten Lichtblitz, und dann sah ich auf meiner Schreibtischplatte dieses ... *Ding.* Es sah aus wie eine Schlange von durchschnittlicher Länge, aber es hatte Borsten und in der Mitte einen runden feuchten Klump mit einem Auge. Der Kopf hatte keine Augen, nur ein schmales Maul. Sah wahrhaft gräßlich aus, das Ding. Ich packte das Telefon, hob es hoch und knallte es runter. Daneben. Das Ding war über den Rand geglitten und schlängelte sich jetzt über den Teppichboden. Ich sprang auf, stürzte ihm nach und wollte es zertreten. Da zuckte wieder ein roter Blitz, und Jeannie stand mitten im Zimmer.
»Du hast versucht, mich umzubringen!« sagte sie. »Bist du lebensmüde? Mach mich nicht wütend, oder ich knips dich aus!« Ihre Augen funkelten.
»Ja, ja, schon gut, Baby. Hab nur ein bißchen durchgedreht. Entschuldige.«
»Na schön, vergessen wirs. Also, wir sind eine Vorausabteilung und sollen die Erde für unsere überschüssige Bevölkerung erkunden. Aber wir finden, daß es nur vernünftig wäre, ein paar von euch Menschen für unsere Sache einzuspannen. Dich, zum Beispiel.«
»Warum mich?«
»Du bist der ideale Typ – leichtgläubig, egozentrisch und charakterlos.«
»Und Grovers? Warum der? Warum das mit den Leichen? Was für eine Rolle hat der?«
Jeannie lachte. »Gar keine. Wir sind nur bei ihm gelandet. Ich hab mich ein bißchen für ihn erwärmt. Nur ein kleiner Flirt. Ein Zeitvertreib ...«
»Und ich? Bist du auf mich auch scharf, Baby?«
»Du bist brauchbar für unsere Sache.«
Sie kam ganz nah. Ich war wie in Trance. Ihr Körper drückte sich an meinen. Wir umarmten uns. Unsere Lippen fanden

sich. Ihre Zunge glitt in meinen Mund. Sie war heiß und ringelte sich wie eine kleine Schlange.

Ich stieß sie weg. »Nein«, sagte ich, »tut mir leid, ich kann nicht!«

Sie musterte mich. »Was ist denn, Belane? Fühlst du dich zu alt?«

»Nein, das ist es nicht, Baby . . .«

»Was denn?«

»Ich will dich nicht kränken . . .«

»Sag schon, Belane . . .«

»Na ja, es könnte ja sein, daß du dich wieder in dieses häßliche Ding verwandelst, mit dem Klump in der Mitte und dem einen Auge . . .«

»Du mistiger Fettsack! Zoronianer sind *schön!*«

»Hab ja gewußt, daß du's nicht verstehen wirst . . .«

Ich ging hinter den Schreibtisch zurück, setzte mich, zog die Schublade auf, holte den Wodka raus und goß mir einen hinter die Binde.

»Mit was seid ihr denn gelandet?« fragte ich.

»Raumgleiter.«

»Raumgleiter, hm? Und wieviele seid ihr?«

»Sechs.«

»Tja, ich weiß nicht, ob ich dir helfen kann, Baby . . .«

»Du *wirst* mir helfen, Belane.«

»Und wenn nicht?«

»Bist du tot.«

»Herrgott, erst Lady Death und jetzt du. Ihr Weiber habt nichts als Todesdrohungen für mich. Na, vielleicht hab ich da auch noch mitzureden . . .!«

Ich griff in die Schublade und holte die Luger raus. Ich entsicherte die Knarre und richtete sie auf sie.

»Dich werd ich rauf bis nach Zoros pusten, Baby.«

»Na los, drück doch ab!«

»Was??«

»Ich hab gesagt: Drück ab, Belane!«
»Denkst du vielleicht, ich tu's nicht?«
Ich spürte, wie mir der Schweiß ausbrach.
»Denkst du, ich tu's nicht?« sagte ich noch einmal.
Jeannie grinste mich nur an. »Verdammt, drück doch ab!«
Mein Gesicht war inzwischen schweißnaß.
»Sweetheart, sei so gut und geh freiwillig zurück nach Zoros . . .«
»NEIN!«
Ich drückte ab. Es gab eine Detonation, und der Rückschlag riß mir fast die Waffe aus der Hand. Ich rieb mir den Schweiß aus den Augen.
Jeannie stand da und lächelte mich an. Bei näherem Hinsehen entdeckte ich etwas in ihrem Mund. Die Kugel. Sie hatte sie zwischen den Zähnen. Sie kam an den Schreibtisch und spuckte die Kugel in meinen Aschenbecher.
»Baby«, sagte ich, »mit dem Trick könnten wir ne Menge Geld machen! Wir könnten uns zusammentun! Wir könnten reich sein! Überleg doch mal!«
»Ich denk nicht im Traum daran, Belane. Ich mißbrauche meine Fähigkeiten nicht.«
Ich trank noch einen Schluck. Diese Jeannie war ein echtes Problem.
»Also«, sagte sie, »ob du willst oder nicht – du wirst für unsere Sache arbeiten, die Sache von Zoros. Unser Plan für die Kolonisierung der Erde steht noch nicht endgültig fest. Du wirst von Fall zu Fall von uns kontaktiert und bekommst deine Anweisungen.«
»Sag mal, Jeannie, könnt ihr für die verfluchte Geschichte nicht 'n andern finden?«
Sie lächelte.
»Belane, du bist *auserwählt!*«
Ein roter Lichtblitz, und weg war sie.

31

Ich rief bei Grovers an. Er meldete sich.
»Wie gehn die Geschäfte, Grovers?«
»Ich kann nicht klagen«, sagte er. »Wir kennen keine Rezession.«
»Der Fall Jeannie Nitro ist erledigt. Die macht Ihnen keinen Kummer mehr. Ich schick Ihnen dann die Abschlußrechnung.«
»Die Abschlußrechnung? Wollen Sie mich ausnehmen?«
»Grovers, ich hab Ihnen diese außerirdische Braut vom Hals geschafft, also werden Sie jetzt auch bezahlen.«
»Ja, ja, ist gut. Wie haben Sie's denn gemacht?«
»Berufsgeheimnis, Grover.«
»Mhm. Wahrscheinlich sollte ich dankbar sein.«
»Nicht nur wahrscheinlich. Und zahlen Sie Ihre Rechnung, wenn Sie nicht in einem von Ihren Fichtensärgen landen wollen. Oder haben Sie lieber Nußbaum?«
»Hm. Schwer zu sagen . . .«
Ich seufzte und legte auf.
Ich legte die Füße auf den Tisch. Es ging voran. Jetzt mußte ich nur noch Cindy Bass drankriegen und den Red Sparrow dingfest machen. Natürlich, Jeannie Nitro war jetzt *mein* Problem. Ich war mein eigener Klient. Aber Céline und Grovers waren abgehakt. Ich fühlte mich allmählich wie ein richtiger Profi. Doch ehe ich mich entspannen konnte, kam mir Lady Death wieder in den Sinn. Die war immer noch da.
Das Telefon läutete, und als ich abnahm, war sie dran.
»Ich bin immer noch da, Belane.«
»Warum machst du nicht mal Urlaub, Baby.«
»Geht nicht. Meine Arbeit macht mir zuviel Spaß.«
»Kann ich dich mal was fragen?«
»Klar.«

»Beackerst du bloß die Erde?«
»Wie soll das gemeint sein?«
»Na, ich meine, erledigst du zum Beispiel auch äh ... Außerirdische?«
»Na sicher. Außerirdische, Würmer, Hunde, Fliegen, Löwen, Spinnen ... was du willst.«
»Gut zu wissen.«
»Was ist gut zu wissen?«
»Daß du auch Außerirdische abräumst.«
»Belane, du langweilst mich.«
»Da bin ich aber froh, Baby.«
»Hör zu, ich hab zu tun ...«
»Beantworte mir nur noch eine Frage.«
»Vielleicht. Und zwar?«
»Wie killst du einen Außerirdischen?«
»Gar kein Problem.«
»Mit einer Kugel gehts nicht. Also was nimmst du dann?«
»Berufsgeheimnis, Belane.«
»Mir kannst du's ruhig sagen, Baby. Über meine Lippen kommt kein Wort.«
»Dicker«, sagte sie, ehe sie auflegte, »es könnte sein, daß ich dafür *sorge.*«
Ich schob das Telefon weg und legte wieder die Füße hoch. Herrgott, da waren sechs Außerirdische zugange und wollten mich für ihre Sache einspannen. Vielleicht sollte ich die Polizei verständigen. Ja, sicher, und was hätte ich davon? Nein, ich mußte allein damit fertig werden. Aber das sah nach harter Arbeit aus. Vielleicht erst mal auf Eis legen. Ich griff nach der Flasche und nippte an meinem Wodka. Schließlich gab es ja auch noch zwei leichtere Fälle. Ich beschloß, eine Münze zu werfen – Kopf für Red Sparrow, Zahl für Cindy Bass.
Zahl. Ich schmunzelte. Lehnte mich zurück. Malte mir aus, wie ich Cindy festnageln würde.

32

Zur Feier meiner Fortschritte als vermutlich größter Detektiv von L.A. schloß ich das Büro ab und nahm den Fahrstuhl nach unten. Auf der Straße probierte ich es mit Richtung Süden und kam zum Sunset Boulevard. Das Problem mit Sunset ist, daß es da in meiner Gegend kaum eine Bar gibt. Schließlich fand ich eine, die halbwegs Klasse hatte. Da ich nicht auf einem Barhocker balancieren wollte, setzte ich mich in eine Nische. Die Bedienung rückte an. Sie trug einen Mini und Stöckelschuhe und unter ihrer durchsichtigen Bluse einen ausgestopften BH. Alles war ihr zu eng – ihr Outfit, die Welt, ihr Verstand. Ihr Gesicht war stahlhart. Wenn sie lächelte, tat es weh. Ihr genauso wie mir. Sie lächelte trotzdem. Das Lächeln war so falsch, daß sich mir die Härchen an den Unterarmen sträubten. Ich schaute weg.

»Hi, Honey! Was nehmen Sie?«

Ich sah ihr nicht ins Gesicht. Ich sah ihren nackten Bauch an. Eine kleine rote Rose aus Papier klebte auf ihrem Bauchnabel. Die redete ich an.

»Wodka-Tonic mit Lime.«

»Aber gern, Honey!«

Sie trippelte davon und versuchte, ihre Hinterbäckchen attraktiv schlingern zu lassen. Es klappte nicht.

Ich bekam augenblicklich Depressionen.

Nicht, Belane, ermahnte ich mich. Nicht.

Es nützte nichts. Wir waren doch alle im Eimer. Es gab keine Sieger. Es sah nur so aus. Wir hechelten alle einem Haufen Nichts hinterher. Tag für Tag. Es ging nur noch ums Überleben. Das schien mir nicht genug. Nicht mit Lady Death auf der Lauer. Es machte mich wahnsinnig, wenn ich nur dran dachte.

Denk nicht dran, Belane, ermahnte ich mich.

Nützte nichts.
Die Kellnerin brachte den Drink. Ich legte einen Schein hin. Sie nahm ihn an sich.
»Vielen Dank, Honey!«
»Moment«, sagte ich, »ich krieg noch was raus.«
»Da gibts nichts mehr raus.«
»Gut, dann sagen wir halt, das Trinkgeld ist mit drin.«
Sie riß die Augen auf. Ihre leeren Augen.
»Was sind denn Sie – 'n gottverdammter Cowboy?«
»Was soll das sein?«
»Sie wissen nicht, was 'n gottverdammter Cowboy ist?«
»Nee.«
»Das ist einer, der 'n Ritt umsonst will.«
»Haben Sie sich das selber ausgedacht?«
»Nee, so sagen die Girls dazu.«
»Welche Girls? Die Cowgirls?«
»Mister, ham sie ne Hummel im Arsch oder was?«
»Höchstwahrscheinlich ›oder was‹.«
»Mary Lou!« hörte ich eine Männerstimme. *»Hast du Ärger mit dem Arschloch?«*
Es war der Barkeeper, ein kleiner Kerl mit buschigen Brauen.
»Keine Sorge, Andy. Mit dem Arsch werd ich fertig.«
»Ja«, sagte ich, »Ärsche hast du wahrscheinlich schon massenhaft abgefertigt, Mary Lou.«
»Du elender Schwanzlutscher!« kreischte sie.
Ich sah, wie der Typ mit den buschigen Augenbrauen einen Satz über die Bar machte. Gar kein schlechter Trick für einen Kerl seiner Größe. Ich kippte meinen Drink und stand auf. Duckte mich unter seiner Rechten weg und rammte ihm das Knie unten rein. Er ging zu Boden und wälzte sich. Ich gab ihm einen Tritt in den Arsch und ging wieder raus auf den Sunset Boulevard.
Mein Pech in Bars wurde allmählich immer schlimmer.

33

Also ging ich nach Hause und trank dort weiter, und so gingen der Rest des Tages und die Nacht drauf.
Gegen Mittag wachte ich auf, ging aufs Klo, putzte mir die Zähne und sinnierte beim Rasieren vor mich hin. Ich fühlte mich nicht allzu schlecht. Fühlte eigentlich überhaupt nicht viel.
Ich zog mich an, und während ich mir ein Ei kochte, trank ich eine Mixtur aus Tomatensaft und Bier. Ich hielt das Ei unters kalte Wasser, pellte es aus der Schale und aß es. Jetzt war ich soweit. So weit, wie ich je sein würde.
Ich griff zum Telefon und rief Jack Bass in seinem Büro an. Er schien sich nicht zu freuen, als er meinen Namen hörte.
»Jack«, sagte ich, »erinnern Sie sich an den Franzosen, von dem ich Ihnen erzählt hab?«
»Ja, was ist mit ihm?«
»Ich hab ihn aus dem Weg geräumt.«
»Wie?«
»Er ist tot.«
»Gut. War er derjenige, welcher?«
»Na ja, er hatte Kontakt mit ihr.«
»Kontakt? Was zum Donnerwetter soll das denn heißen?«
»Ich will's Ihnen lieber ersparen.«
»Tun Sie sich nur keinen Zwang an, Belane.«
»Hören Sie, ich versuche Cindy am Arsch zu kriegen. Deshalb haben Sie mich doch angeheuert – ja?«
»Ich weiß nicht, warum ich Sie angeheuert habe. Allmählich glaube ich, es war ein Fehler.«
»Jack, ich hab den Franzosen erledigt. Er ist tot.«
»Und wo stehn wir damit?«
»Er kann sie nicht mehr bimsen.«
»Hat er sie denn . . . .?«

»Jack . . .«
»Oder *Sie?* Dieser ganze Schmutz von wegen ›sie am Arsch kriegen‹ – sind Sie vielleicht pervers?«
»Hören Sie, bei Cindy bin ich so nah dran, daß mir schon der Hosenlatz spannt. Aber wir brauchen einen knochenharten Beweis.«
»Da! Sie tun es schon wieder!«
»Wir sind kurz vor dem Ziel, Jack. Dauert nicht mehr lang. Verlassen Sie sich auf mich.«
»Dann war es also nicht nur der Franzose?«
»Ich glaube, ja.«
»Sie glauben es? Sie *glauben* es? Mensch, ich zahle Ihnen gutes Geld! Inzwischen sind Wochen vergangen, und Sie haben nichts weiter zu bieten als einen toten Franzosen und eine *Vermutung?* Sie machen bloß Wind! Ich will Action! Ich will Beweise! Ich will diese Sache erledigt haben, und zwar mit einem Knaller!«
»Innerhalb von sieben Tagen, Jack.«
»Sie haben sechs.«
»Sechs Tage, Jack.«
Schweigen am anderen Ende. Schließlich sagte er wieder was: »Also gut. Ich muß in einer Stunde zum Flughafen. Habe an der Ostküste was Geschäftliches zu erledigen. In sechs Tagen bin ich zurück.«
»Bis dahin ist alles geritzt, Baby,«
»Sagen Sie nicht Baby zu mir! Was soll denn der Scheiß?«
»Nur so ne Angewohnheit . . .«
»Sehn Sie zu, daß Sie den Schlamassel bereinigen, oder wir sehen uns in der Hölle wieder, Motherfucker!«
»Reden Sie mit mir, Jack?«
Die Leitung war tot. Er hatte aufgelegt, der Affenarsch. Na ja. Wurde Zeit, daß ich in Aktion trat . . .

34

So, das war ich nun und parkte am Straßenrand, fünfzig Meter von Jacks Haus, in dessen Einfahrt Cindys roter Mercedes stand. Es war Abend, nein, es war schon Nacht, etwa acht Uhr. Mein sechster Sinn sagte mir, daß ich diesmal richtig lag. Diesmal würde es passieren. Es lag so ein gewisser Hauch in der Luft. Ich drückte meine Zigarre aus, griff zum Autotelefon und wählte die Durchsage mit den Ergebnissen des neunten Rennens. Verloren. Wieder einmal. Wie ermüdend doch das Leben war. Ich fühlte mich niedergeschmettert und kaputt. Meine Füße taten weh.

Cindy saß jetzt wahrscheinlich vor dem Fernseher und sah sich irgendwas Doofes an. Bestimmt hatte sie ihre warmen Beine übereinander und lachte über etwas Plattes und Geistloses. Ich mußte an Jeannie Nitro und ihre fünf außerirdischen Kumpane denken, die mich einspannen wollten. Aber für so was war ich nicht zu haben. Ich mußte diese Bande sprengen. Es mußte einen Weg geben. Vielleicht würde mir der Red Sparrow die Lösung vorsingen – falls ich ihn finden konnte. War ich verrückt? Passierte das alles wirklich?

Ich griff wieder zum Telefon und tippte die Nummer von John Barton ein. Er meldete sich.

»John, hier ist Belane. Ich hab Schwierigkeiten mit dem Red Sparrow. Vielleicht besser, Sie nehmen sich einen anderen.«

»Nein, Belane, ich hab Vertrauen in Sie. Sie schaffen das.«

»Meinen Sie wirklich?«

»Ich hab nicht den geringsten Zweifel.«

»Na ja, dann bleib ich weiter dran.«

»Gut.«

»Ich sag Bescheid, wenn ich was hab.«

»Tun Sie das. Gute Nacht.«

Er legte auf. Netter Kerl.
Ich brannte mir die Zigarre wieder an und hätte sie fast ausgespuckt, denn in diesem Augenblick kam Cindy aus dem Haus. Sie ging zu ihrem Wagen und stieg ein.
Baby, Baby, jetzt führ mich mal hin.
Sie ließ den Motor an, schaltete die Scheinwerfer ein und setzte rückwärts aus der Einfahrt. Dann fuhr sie in nördlicher Richtung davon, und ich folgte ihr einen halben Block zurück. Sie bog in die Durchgangsstraße ein – den Pacific Coast Highway, um genau zu sein – und fuhr jetzt nach Süden. Ich war etwa drei Wagenlängen hinter ihr. Sie fuhr über eine Kreuzung, und als ich hinkam, sprang die Ampel auf Rot. Ich mußte durch. Es wurde knapp, aber es ging ohne Zusammenstoß ab. Hinter mir hörte ich wütendes Hupen, und jemand schrie: »Blöde Sau!« Wie einfallslos.
Bald war ich wieder drei Längen hinter ihr. Sie fuhr auf der rechten Spur, verlangsamte das Tempo und bog in die Einfahrt eines Motels ein. *Honeydunes Motel.* Reizend. Sie hielt vor dem Apartment Nr. 9. Ich hielt vor Nr. 7, schaltete die Scheinwerfer aus und wartete ab.
Sie stieg aus, ging den Pfad rauf und klopfte an die Tür. Die Tür ging auf, und ein Typ stand da.
Ah, jetzt hab ich dich, Cindy!
Der Kerl stand im Licht, so daß ich ihn unter die Lupe nehmen konnte. Er sah gut aus. Ich meine, nicht für mich, aber ganz bestimmt für sie. Er war jung, hatte ein glattes ausdrucksloses Gesicht, schmale Augenbrauen und ne Menge Haar. Es sah so aus, als hätte er es hinten zu einem kleinen Ringelschwanz geflochten. Man kennt ja die Sorte. Richtiges Arschloch. Sie umarmten sich, und es gab ein Küßchen. Ich hörte Cindy lachen. Dann ging sie rein, und die Tür fiel ins Schloß.
Ich griff mir die Videokamera und ging zur Rezeption. Niemand da. Ein kleiner Schreibtisch mit einer Rufglocke. Ich

patschte mit der flachen Hand darauf. *Pinggg.* Nichts tat sich. Ich drosch sechsmal hintereinander drauf.

Jetzt kam jemand. Ein alter Knacker. Barfuß, in einem langen Nachthemd und mit einer Zipfelmütze auf dem Kopf.

»Aha«, sagte ich, »schon fertig für die Heia, hm?«

»Vielleicht, vielleicht auch nicht. Was geht Sie das an?«

»Nichts für ungut, Sir. Ich brauche ein Zimmer. Haben Sie eins frei?«

»Sind Sie 'n Zuhälter?«

»Oh . . . nein, nein.«

»Vielleicht 'n Dealer?«

»Nein, Sir.«

»Wär aber schön. Ich brauch dringend Koks.«

»Ich bin Bibelverkäufer, Sir.«

»Was? Is ja ekelhaft!«

»Ich versuche nur, die frohe Botschaft zu verbreiten.«

»Na, in meiner Gegenwart verbreiten Sie den Stuß aber nicht.«

»Wie Sie wünschen.«

»Scheiße, und ob!«

»Also wie gesagt – ich brauche ein Zimmer.«

»Wir haben noch zwei. Die Acht und die Drei.«

»Sagten Sie acht?«

»Acht und drei, hab ich gesagt. Sind Sie schwerhörig?«

»Ich nehme die Acht.«

»35 Dollar. Im voraus.«

Ich blätterte ihm das Geld hin. Er schnappte es sich und knallte mir einen Schlüssel hin.

»Bekomm ich keine Quittung?«

»Eine was?

»Quittung.«

»Können Sie das buchstabieren?«

»Nein.«

»Dann kriegen Sie's auch nicht.«

Ich nahm den Schlüssel, ging runter zur Acht und schloß auf. Sah nett aus, die Bude. Aber nur im Vergleich zum Obdachlosenasyl.

Aus der Küche holte ich ein Glas, preßte es an die gemeinsame Wand mit Apartment 9 und lauschte. Ich hatte Glück.

»Nicht so schnell, Billy«, hörte ich Cindy Bass sagen. »Ich möcht erst ein bißchen reden.«

»Reden können wir hinterher«, sagte Billy. »Ich hab hier mordsmäßig einen stehen und muß was damit machen. Ich will Weiberfleisch und kein Gelaber!«

»Ich will erst noch duschen, Billy.«

»Duschen? Was hast du denn gemacht? Im Garten gewerkelt?«

»Ach, Billy, du bist so witzig.«

»Na gut, dann geh duschen. Ich schütt mir solang Eiswasser auf meine Kobra.«

»Ach, Billy! Hahaha!«

Zum ersten Mal seit Wochen konnte ich schmunzeln.

Jetzt war sie fällig.

35

Ich hielt das Glas an die Wand gepreßt und lauschte weiter. Das Geräusch der Dusche war jetzt zu hören. Der arme Bass. Er hatte richtig vermutet. Aber alle hatten wir doch recht und unrecht und zwischendrin. Kam es denn wirklich darauf an, wer mit wem rumfickte? War doch letzten Endes alles langweilig. Ficken, ficken, ficken. Na ja, Menschen wurden eben anhänglich. Sobald die Nabelschnur durchschnitten

war, hängten sie sich an was anderes. Was zum Schauen, was zum Hören, Sex, Geld, Trugbilder, Mütter, Onanie, Mord und Montagmorgen mit einem Kater.
Ich stellte das Glas auf den Boden, holte die kleine Flasche Gin aus der Tasche und genehmigte mir einen kleinen Schluck. Das verscheuchte jedesmal die Ameisen aus dem Hirn.
Ich überlegte, ob ich nicht den Beruf wechseln sollte. Hier war ich drauf und dran, irgendwo einzudringen und eine Fickszene abzufilmen, obwohl ich überhaupt keine Lust dazu hatte. Es war nur ein Job. Geld für die Miete, für Alkohol. Und einfach Warten auf den letzten Tag oder die letzte Nacht. Zeit schinden. Was für ein Blödsinn. Ich hätte ein großer Philosoph werden sollen, dann hätte ich ihnen gesagt, wie dumm es von ihnen war, daß sie rumstanden, Luft in die Lungen saugten und wieder auspusteten.
Verdammt, ich wurde richtig melancholisch. Ich trank noch einen Schluck, preßte das Glas wieder an die Wand. Sie kam anscheinend grade aus der Dusche.
»Menschenskind«, sagte er, »du bist gebaut wie zehn Scheißhäuser aus Backstein!«
»Aach, Billy, find'ste wirklich?«
»Habs doch grad gesagt, oder nicht?«
»Du sagst so süße Sachen, Billy.«
»Ich meine, schau dir doch bloß mal diese Euter an! Eigentlich müßtest du platt aufs Gesicht fallen, aber ich schätze, dein großer Arsch hält dich im Gleichgewicht.«
»Ach, so'n großen Hintern hab ich gar nicht, Billy.«
»Baby, das ist kein Hintern. Das Ding da ist 'n Kipplaster voller Gelee und Marmelade und Dampfnudeln!«
»Aber Billy, was ist mit *mir*? Mit dem, was ich in mir hab?«
»Baby, siehst du nicht das Ding, das da vorne an mir rumschnalzt und pulsiert? *Das* hast du gleich in dir!«

»Billy, ich glaub, ich überleg mirs doch noch anders . . .«
»Baby, da gibts nichts zu überlegen! Komm her! Hock dich auf meinen Tower of Power!«
Ich nahm das Glas von der Wand, sah meine Kamera nach, glitt aus der Tür und ging nach nebenan. Die Tür der beiden war ein Kinderspiel. Ich kriegte sie mit meiner Visa-Karte auf.
Im Schlafzimmer wimmerten die Sprungfedern der Matratze um Gnade. Ich schaltete die Kamera ein und rauschte ins Zimmer. Volltreffer. Billy rammelte drauflos wie zehn Karnickel. Irgendwie bemerkte er mich, wälzte sich von ihr runter und sprang mit einem Satz aus dem Bett. Kriegte den Mund nicht mehr zu. War sehr überrascht. Und gleich darauf sehr sauer. Logisch.
»Scheiße, was soll das?« blaffte er mich an. »Was *soll* dieser Scheiß!«
Cindy setzte sich auf.
»Er ist 'n Schnüffler, Billy. Er spinnt total. Er ist Jack und mir auch schon bei nem Fick reingeplatzt und hat uns gefilmt. Er ist echt plemplem, Billy.«
»Du hältst die Luft an, Cindy«, sagte ich. »Jetzt isses soweit! Endlich hab ich dich am Arsch!«
Billy kam auf mich zu. »Hey, glaubst du vielleicht, ich laß dich hier noch lebend raus?«
»Ach was, na klar, Billy-Boy. Ich werd hier rauslatschen, wie ich reingekommen bin. Gar kein Problem.«
»Sagt wer?«
»Sagt mein Freund hier.«
Ich zog die Kaliber-32 aus dem Schulterhalfter.
»Das mickrige Ding da stoppt mich nicht.«
»Versuchs doch mal, du Arsch.«
Er rückte mir langsam auf die Pelle.
»Ich hab schon drei Männer umgenietet, Billy, da kommts auf 'n vierten nicht mehr an!«

»Du lügst.« Er grinste und kam noch näher. »Deine Mutter juckts in der Fut!«
»Noch ein Schritt, Maulfurzer, und es ist aus mit dir!«
Er machte den Schritt. Ich drückte ab.
Er stand da, als wäre nichts. Griff nach seinem Bauchnabel und zog die Kugel raus. Kein Blut war zu sehen. Nicht mal eine Schramme.
»Kugeln sind mir schnurz«, sagte er. »Und du auch.«
Er nahm mir die Waffe aus der Hand und warf sie in die Ecke.
»So«, sagte er, »jetzt sind's nur noch wir beide.«
»Paß auf, Freund, laß uns mal drüber reden. Du kannst die Kamera haben, ich zieh mich aus dem Geschäft zurück. Du siehst mich nie mehr wieder.«
»Das weiß ich. Weil ich dich nämlich abmurkse!«
»Yeah«, kam es von Cindy, »mach ihn alle, den schmierigen Drecksack!«
»Halt du dich da raus, Cindy«, sagte ich. »Das ist was zwischen dem Gentleman und mir.«
Ich sah Billy an. »Stimmts?«
»Stimmt«, sagte er.
Dann packte er mich und schmiß mich quer durchs Zimmer. Ich knallte an die Wand und ging zu Boden.
»Billy«, sagte ich, »laß uns doch keinen Krach kriegen wegen einem dicken Arsch, den schon die halbe Stadt gepimpert hat.«
Er lachte nur und ging wieder auf mich los.

36

Da dämmerte es mir. Der Kerl war einer von den Außerirdischen! Deshalb hatte ihm die Kugel nichts getan.

Ich stand auf und drückte mich an die Wand.

»Ich hab dich durchschaut, Billy!« schrie ich.

Er blieb stehen. »So? Laß mal hören.«

»Du bist 'n Außerirdischer!«

Cindy lachte. »Hab ich dir nicht gesagt, daß der Kerl spinnt?«

Ich warf ihr einen Blick zu. »Der Typ ist nichts als ein Schlangenvieh mit Borsten und einem großen Auge. Er versteckt sich in nem menschlichen Körper, aber das ist bloß ne Täuschung.«

Billy stand da und sah mich ungerührt an.

»Wo hast du ihn kennengelernt?« fragte ich Cindy.

»In ner Bar. Aber ich glaub dir deinen Quatsch nicht. Er ist kein Außerirdischer.«

»Frag ihn doch.«

Sie lachte wieder. »Na schön. Billy, bist du 'n Außerirdischer?«

»Hä?«

»Da!« sagte ich zu Cindy. »Siehst du?«

Billy schaute zu ihr rüber. »Willst du dem Spinner vielleicht glauben?«

»Natürlich nicht, Billy. Los, mach jetzt, gib ihm den Rest!«

»Is recht, Baby . . .«

Billy kam auf mich zu. Ein roter Blitz zischte durchs Zimmer, und Jeannie Nitro stand da.

»Jeannie«, sagte Billy, »ich . . .«

»Halt die Klappe, du Saftsack!« sagte Jeannie.

»Verdammt, was geht hier vor?« fragte Cindy, die begonnen hatte, sich anzuziehen. Billy war immer noch splitternackt.

»Du Saftsack«, sagte Jeannie, »ich hab doch gesagt, mit den Menschen wird nicht fraternisiert!«
»Baby, ich kann nichts dafür. Ich bin halt geil geworden. Ich war in ner Bar, und da ist diese heiße Nummer da reingekommen.«
»Deine Anweisung hieß: Kein Sex mit den Erdlingen!«
»Jeannie, du weißt doch, daß du für mich die einzige bist. Es ist bloß so – du warst dauernd beschäftigt und . . .«
»Du bist erledigt, Billy!« Sie zielte mit der rechten Hand auf ihn.
»Nein, Jeannie, nein!«
Es gab einen roten Lichtblitz, und Billy verwandelte sich in eine Schlange mit Borsten und einem glibbrigen Auge und schlängelte sich mit Karacho über den Fußboden. Wieder zeigte Jeannie mit der rechten Hand auf ihn, wieder gab es einen Lichtblitz, und Billy der Außerirdische war nicht mehr.
»Ich kanns nicht fassen, was ich da gesehn hab!« sagte Cindy.
»Yeah«, sagte ich. »Ich weiß.«
»Vergiß nicht, Belane«, sagte Jeannie, »du bist auserwählt für unsere Sache. Die Sache von Zoros.«
»Ja«, sagte ich. »Wie könnt ich das vergessen.«
Ein weiterer Lichtblitz zuckte durchs Zimmer, und Jeannie war verschwunden.
Cindy, inzwischen voll angezogen, stand noch immer unter Schock.
»Ich kann einfach nicht glauben, was ich gesehn hab.«
»Baby, Jack hat gewollt, daß ich den Schlamassel beseitige, den du angerichtet hat – und genau das hab ich jetzt getan.«
»Ich muß sofort hier raus!« sagte sie.
»Tu das. Aber vergiß nicht, was ich auf diesem Tape habe. Mach keine Sperenzchen, oder ich geb es Jack.«

Sie seufzte. »Also gut, du hast gewonnen.«
»Ich bin der größte Schnüffler in L. A. Das muß dir inzwischen klar sein.«
»Paß auf, Belane, ich hab was, was ich dir für dein Videoband geben kann.
»Ah ja?«
»Du weißt, was ich meine.«
»Nee, nee, Cindy, mich kannst du nicht kaufen. War aber ein netter Versuch.«
»Ach, dann leck mich doch, Fettsau!« Sie drehte sich um und ging zur Tür. Ich sah diesen unvorstellbaren Hinterbacken nach.
»Cindy«, rief ich ihr nach. »Warte mal ...«
Sie drehte sich um und lächelte. »Ja?«
»Nee, laß mal. Geh nur.«
Im nächsten Moment war sie aus der Tür.
Ich ging ins Badezimmer und erleichterte mich, und damit meine ich keinen Stuhlgang. Aber ich war ein wahrer Profi. Ich hatte wieder einen Fall gelöst.

37

Im Büro wählte ich am nächsten Tag die Nummer von Jack Bass.
»Jack, wollen Sie sich immer noch von Cindy scheiden lassen?«
»Ich weiß nicht. Haben Sie denn was Handfestes?«
»Sagen wirs mal so – die zwei Herren, mit denen sie Umgang hatte, sind jetzt tot.«

»Umgang? Was soll denn das wieder heißen?«

»Jack – bitte, ja? Die Typen sind tot. Der eine war Franzose und der andere ein Außerirdischer.«

»Ein *Außerirdischer*? Was servieren Sie mir denn da für einen Stuß!?«

»Ist kein Stuß, Jack. Ein paar Außerirdische vom Planeten Zoros haben sich hier eingeschlichen. Einen von ihnen hat sie in einer Bar getroffen. Hatte allerhand zwischen den Schenkeln, der Kerl.«

»Und der ist jetzt tot?«

»Ja. Und der Franzose, wie gesagt.«

»Sie bringen Leute *um?*«

»Jack, die Jungs sind weg vom Fenster, und Cindy wird keine Sperenzchen mehr machen. Sie können ganz beruhigt sein.«

»Woher weiß ich, daß sie nichts mehr anstellt?«

»Keine Sorge. Ich hab ein As im Ärmel. Sie wird nichts riskieren.«

»Sie haben was auf Video, von dem sie nicht will, daß ich es sehe – ist es das?«

»Schon möglich. Sagen wir einfach, ich kann ihr ein Bein stellen, wenn sie was macht.«

»Aber ich will, daß sie wegen *mir* dableibt, nicht wegen irgendeiner Erpressung.«

»Erpressung, Quatsch. Sie wird nichts mehr machen. Ich hab ihre Galane beseitigt, und sie wird ihren Slip anbehalten – was wollen Sie denn noch? Vielleicht wird sie Sie sogar schätzen lernen. Geben Sie ihr die Chance, sich zu berappeln. Sie ist jung, und sie hat mal Abwechslung gebraucht. Was soll's.«

»Mit einem Außerirdischen?«

»Seien Sie doch froh. Von dem wird man nie erfahren. Ist fast so, als wär es nie passiert.«

»Ist es aber. Sie sagen, er war gut behangen? Wie gut?«

»Schwer zu sagen. Er war am Ackern ...«
»Sie haben *zugesehen?*«
»Ich hab es unterbunden.«
»Und der Franzose – war der auch gut behangen?«
»Jack, die zwei sind tot. Vergessen Sie's. Ich schick Ihnen dann in ein paar Tagen die Rechnung.«
»Irgendwas an der Geschichte gefällt mir nicht.«
»Sie wird nicht mehr rumzigeunern, Jack.«
»Aber wenn doch?«
»Nein, wird sie nicht. Weil sie weiß, daß ich sie am Arsch kriegen kann.«
»Da sagen Sie's schon wieder! Haben Sie's etwa mit ihr getrieben?«
»Jack, Jack, Jack. Bitte, ja? Ich bin Profi.«
»Und woher weiß ich, daß die Kerle wirklich tot sind?«
»Jack, Sie werden es an ihrem Verhalten merken. Hören Sie auf, sich Gedanken zu machen. Haben Sie sonst noch was zu erledigen? Ich bin der beste Schnüffler in L. A.«
»Nein, im Moment hab ich nichts.«
»Also dann, Jack. Schönen Tag noch.«
»Ja, sicher ...«
Ich holte die Wodkaflasche aus der Schublade und trank einen Schluck. Lief doch alles bestens. Jetzt mußte ich nur noch den Red Sparrow finden. Und mich vor den Außerirdischen in acht nehmen. Und Lady Death.
Ich setzte die Flasche an und genoß das gute Gefühl. Solange es hielt.

38

Als nächstes rief ich John Barton an. Er hatte eine Druckerei im Norden.
»John, hier ist Belane . . .«
»Gut, von Ihnen zu hören, Nick. Wie läuft es?«
»Bißchen langsam, John. Ich brauch noch mehr Angaben zu diesem Red Sparrow.«
»Na ja, wir wollen einen roten Spatz als Firmenzeichen nehmen und es richtig bekannt machen. Aber ich habe gehört, daß es irgendwo da draußen einen echten gibt. Falls es ihn gibt, müssen wir ihn finden.«
»Ist das alles, was Sie haben?«
»Na ja, vielleicht auch noch . . . so eine bestimmte Ahnung.«
»Haben Sie ihn mal gesehen, diesen roten Spatz?«
»Nein, aber ich weiß, daß er mal gesichtet wurde.«
»Und von wem wissen Sie das?«
»Eine vertrauliche Quelle. Mehr kann ich nicht sagen.«
»Angenommen, ich finde den Vogel – was soll ich mit ihm machen? In einen Käfig sperren?«
»Nein, liefern sie mir nur einen handfesten Beweis, daß er existiert. Nur, um meine Neugier zu befriedigen.«
»Was ist, wenn ich ihn nicht finde?«
»Wenn es ihn gibt, finden Sie ihn auch. Ich vertraue Ihren Fähigkeiten.«
»Wissen Sie, das ist der verrückteste Fall, den ich je hatte.«
»Ich habe immer allen gesagt, daß Sie ein großartiger Detektiv sind. Sie werden es mir beweisen. Sie werden den Red Sparrow finden.«
»Na gut, John. Ich werde mir Mühe geben. Aber ich bin nicht mehr der Jüngste. Ich wache müde auf. Ich glaub, ich geh allmählich am Stock.«
»Ach was, Sie sind voll drauf. Sie schaffen das.«

»Also gut, ich häng mich rein ...«
»Bestens.«
Ich legte auf. Tja, soviel dazu. Aber wo sollte ich anfangen? Ich entschied mich für die nächste Bar.

Es war drei Uhr nachmittags. Ich nahm mir einen Hocker, und der Barkeeper kam zu mir her. Machte einen einsamen Eindruck. Hatte keine Augenlider mehr. Auf die Fingernägel hatte er sich kleine grüne Kreuze gemalt. Ein Spinner. Man entging ihnen nirgends. Der größte Teil der Menschheit war plemplem. Und der Rest war entweder verbittert oder schlicht dumm. Ich hatte keine Chance und keine Wahl. Sich durchwursteln und auf das Ende warten. Es war Schwerarbeit. Die schwerste, die man sich vorstellen konnte. Ich zwang mich, den Barkeeper anzusehen.
»Scotch mit Wasser«, sagte ich.
Er rührte sich nicht.
»Scotch mit Wasser«, wiederholte ich.
»Ach so.« Er trollte sich.
Aus den Augenwinkeln sah ich, wie sie hereinkam. Eine alte Bekannte. Sie setzte sich auf den Hocker rechts neben mir.
»Tach, du Clown«, sagte sie. »Spendierst du mir einen?«
»Klar, Baby.«
Es war Lady Death.
»Hey, Boy!« rief ich dem Barkeeper nach. »Mach zwei!«
»Was?«
»Zwei Scotch mit Wasser, bitte.«
»Äh, is gut«, sagte er.
»Was hast du so gemacht, Dicker?« fragte die Lady.
»Fälle gelöst. Wie üblich.«
»Soll heißen – langsam oder gar nicht.«
»Nee, Baby. Ganz falsch. Ich bin der beste Schnüffler in L. A.«

»Das ist nicht viel.«
»Besser als linkshändig 'n Butterfaß drehn.«
»Werd nicht keß, Dicker, oder ich knips dich aus wie ne Glühbirne.«
»Entschuldige, Baby. Meine Nerven sind hin. Vielleicht hilft ein Drink.«
Da kam auch schon der Barkeeper und stellte die Gläser vor uns hin.
»Was ist mit Ihren Augenlidern passiert?« fragte ihn die Lady.
»Mein Gasboiler ist mir heut morgen explodiert . . .«
»Wie wollen Sie da heute nacht schlafen?«
»Ich wickel mir ein Handtuch um den Kopf.«
»Wie wärs, wenn du das gleich machst?« schlug ich vor.
»Wieso?« fragte er.
»Schon gut.« Ich bezahlte die Drinks.
Ich hob mein Glas. Die Lady hob ihres.
»Auf ein langes Leben«, sagte sie.
»Yeah«, sagte ich, »ein langes Leben.«
Wir stießen an und tranken. Ich bestellte wieder dasselbe.
Wir saßen etwa eine halbe Stunde, als nochmal eine Frau reinkam. Sie setzte sich auf den Hocker links von mir. Zwei Frauen bedeuteten doppelt soviel Trouble wie eine. Jetzt hatte ich Trouble auf beiden Seiten. Ich saß in der Klemme. Ich war geliefert.
Die Frau war Jeannie Nitro.
Ich bestellte beim Barkeeper einen weiteren Scotch mit Wasser.
»Nicky«, flüsterte sie mir zu, »ich muß mit dir reden. Wer ist das Luder da neben dir?«
»Würdest du nie raten«, sagte ich.
Von rechts flüsterte Lady Death: »Wer ist die Zicke?«
»Das rätst du nie«, sagte ich.
Jeannies Drink kam, und sie kippte ihn runter.

»Tja«, sagte ich, »wird wohl Zeit, daß ich euch miteinander bekannt mache . . .«
Ich wandte mich an Lady Death.
»Lady, das ist Jeannie Nitro . . .«
Dann, zur anderen: »Jeannie, das ist Lady . . . Lady . . .«
»Lady d'Heat«, half mir die Dame aus der Patsche.
Sie funkelten sich an.
Also das, dachte ich, könnte noch sehr interessant werden.
Ich machte dem Barkeeper das Zeichen für Nachschub . . .

39

Da saß ich gewissermaßen zwischen All und Tod. In Gestalt von zwei Frauen. Blieb mir noch eine Chance? Mittlerweile sollte ich einen roten Spatz ausfindig machen, den es vielleicht gar nicht gab. Kam mir doch alles sehr merkwürdig vor. Ich hatte nie damit gerechnet, in so ein Verwirrspiel zu geraten. Ich begriff kaum, wie es dazu gekommen war. Was konnte ich tun?
Behalt 'n klaren Kopp, du Blödmann, kam die Antwort.
Mhm.
Die Drinks wurden serviert.
»Also, Ladies – auf euer Wohl.«
Wir stießen an und tranken.
Warum konnte ich nicht einfach irgendein Kerl sein, der ein Baseballspiel ansah und mitfieberte? Warum nicht ein Schnellkoch, der Rühreier machte und sich blasiert gab? Oder eine Fliege, die selig und selbstvergessen über einen Handrücken krabbelte? Warum nicht ein Hahn, der Körner pickte auf einem Hühnerhof? Warum das hier?

Jeannie stieß mich mit dem Ellbogen an und flüsterte: »Belane, ich muß mit dir reden . . .«
Ich legte ein paar Scheine auf die Bar und sagte zu Lady Death: »Ich hoffe, du bist nicht sauer, aber . . .«
»Dicker, ich weiß, daß du mit der Dame was Privates zu reden hast. Warum sollte ich sauer sein? Ich bin doch nicht in dich verknallt . . .«
»Aber ich hab den Eindruck, du hängst dauernd bei mir rum.«
»Ich häng bei allen rum, Nick. Nur daß es dir stärker auffällt als den anderen.«
»Ja. Mhm.«
»Jedenfalls, mit Céline hast du mir geholfen . . .«
»Céline, ja.«
»Also laß ich dich jetzt eine Weile mit deiner Freundin allein. Aber nur eine Weile. Wir zwei haben noch was offen. Wir sehn uns also noch.«
»Lady, daran zweifle ich keinen Augenblick.«
Sie trank aus, rutschte vom Barhocker und ging zur Tür. Ihre Schönheit war erschütternd. Dann war sie fort.
Der Barkeeper kam, um sein Geld zu holen.
»Wer war das?« fragte er. »Mir ist ganz schwindelig geworden, als sie an mir vorbeigekommen ist.«
»Sei froh, daß dir nur schwummrig geworden ist«, sagte ich.
»Wieso?«
»Wenn ichs dir sage, glaubst du's ja doch nicht.«
»Versuchs doch mal«, meinte er.
»Hab ich nicht nötig. Jetzt laß mich mal ein bißchen in Ruh, ich will mich mit dieser Dame unterhalten.«
»Schon gut. Aber sag mir mal eins . . .«
»Was?«
»Wie kommts, daß ein fetter häßlicher Kerl wie du die ganze Action kriegt?«

»Das liegt an der Buttermilch, die ich mir auf die Waffeln tu. Jetzt sieh zu, daß du hier verschwindest.«
»Mach mich nicht an, du«, sagte er.
»Du hast *mich* angequatscht.«
»Deshalb mußt du noch lang nicht eklig werden!«
»Wenn du denkst, das war eklig, dann warte mal, was passiert, wenn du mir noch länger auf den Zehen stehst.«
»Fick dich ins Knie«, sagte er.
»Das war genial«, sagte ich. »Jetzt zieh Leine, solang du noch kannst.«
Er ging langsam ans Ende der Bar, blieb nachdenklich stehen und kratzte sich am Arsch.
Ich wandte mich an Jeannie.
»Entschuldige, Baby, aber diese negativen Wortwechsel passieren mir anscheinend mit so gut wie jedem Barkeeper, an den ich gerate.«
»Schon gut, Belane.« Sie machte ein trauriges Gesicht. »Belane, ich muß wieder weg.«
»Ach, macht doch nichts. Aber trink erst noch einen für unterwegs.«
»Nein, ich wollte sagen, daß ich mit meinen Leuten weg muß ... von der Erde. Ich weiß nicht warum, aber irgendwie bist du mir ans Herz gewachsen.«
»Das ist ganz verständlich«, sagte ich lachend. »Aber warum verschwindet deine Bande wieder von der Erde?«
»Wir haben es uns überlegt. Es ist einfach zu gräßlich. Wir wollen eure Erde nicht kolonisieren.«
»Was ist zu gräßlich?«
»Die Erde. Smog, Mord, verpestete Luft, verseuchtes Wasser, vergiftetes Essen. Der Haß, die Hoffnungslosigkeit, alles. Das einzig Schöne an der Erde sind die Tiere, und die werden jetzt auch ausgerottet. Bald wird es nur noch Rennpferde geben und ein paar zahme Ratten als Schoßtiere. Es ist so traurig. Kein Wunder, daß ihr alle soviel trinkt.«

»Ja, und vergiß nicht die atomaren Arsenale.«
»Ja, ihr habt euch wirklich tief reingeritten, wie's scheint.«
»Kann sein, daß wir in zwei Tagen futsch sind oder daß wir uns noch tausend Jahre halten. Aber weil wir nicht wissen, was wird, fällt es den meisten schwer, sich um irgendwas Gedanken zu machen.«
»Du wirst mir fehlen, Belane. Und die Tiere auch . . .«
Ich sah, daß ihr die Tränen kamen.
»Herrgott, Jeannie, jetzt heul doch nicht . . .«
Sie griff nach ihrem Glas, trank es aus und sah mich an mit Augen, wie ich sie noch nie gesehen hatte und auch nie mehr sehen würde.
»Wiedersehn, Dicker«, sagte sie mit einem Lächeln.
Und verschwand.

40

Nun gut. Nächster Tag. Wieder im Büro. Ein Auftrag war noch zu erledigen: Den Red Sparrow finden. Niemand hämmerte an meine Tür und hatte neue Arbeit für mich. Das war mir grade recht. Es war Zeit für eine Lebensbilanz. Alles in allem hatte ich so ziemlich das getan, was ich mir vorgenommen hatte. Und ab und zu die Weichen richtig gestellt. Ich schlief nachts nicht auf der Straße. Natürlich schliefen auf der Straße auch Leute, die was taugten. Sie waren keine Idioten; sie erfüllten nur nicht die Anforderungen des Augenblicks. Und diese Anforderungen wechselten ständig. Es war ein elender Mechanismus, und wenn man nachts im eigenen Bett schlief, war allein das schon ein kostbarer Sieg über die feindlichen Mächte. Ich hatte einiges

Glück gehabt, aber manches wäre nicht gelungen, wenn ich nicht mit Überlegung gehandelt hätte. Trotzdem war die Welt ziemlich schauderhaft, und oft bedauerte ich die Menschen – die meisten jedenfalls –, die in ihr leben mußten.

Na ja, zum Teufel damit. Ich holte die Wodkaflasche raus und schluckte eine Portion.

Das Beste am Leben waren oft die Zeiten, wo man überhaupt nichts tat und nur sinnierte und widerkäute. Angenommen, man sagt sich, daß alles sinnlos ist, dann kann es nicht ganz sinnlos sein, weil man sich bewußt ist, daß es sinnlos ist, und dieses Bewußtsein von Sinnlosigkeit gibt ihm fast einen Sinn. Falls ihr versteht, was ich meine. Ein Pessimismus mit optimistischem Drall.

Der Red Sparrow. Es war wie die Suche nach dem Gral. Vielleicht war das Wasser zu tief für mich. Und zu heiß.

Ich trank noch einen Schluck.

Es klopfte. Ich nahm die Beine vom Schreibtisch.

»Herein.«

Die Tür ging auf, und da stand so ein schmächtiger Kerl in abgetragenen Klamotten. Er roch nach was. War es Kerosin? Ich war mir nicht sicher. Seine Augen waren nur noch schmale Schlitze. Er kam seitwärts zu mir herein, blieb am Schreibtisch stehen und beugte sich vor. Sein Kopf hatte einen leichten Tick.

»Belane«, sagte er.

»Vielleicht«, gab ich zurück.

»Ich hab was für Sie.«

»Gut«, sagte ich, »dann nimm es wieder mit und verschwinde.«

»Langsam, Belane, ich weiß das Paßwort.«

»So? Und das wäre?«

»Red Sparrow.«

»Und was noch?«

»Wir wissen, daß Sie ihn suchen.«
»›Wir‹, hm? Wer ist ›wir‹?«
»Kann ich nicht verraten.«
Ich stand auf, ging um den Schreibtisch herum und packte ihn an seiner jämmerlichen Hemdenbrust.
»Und wenn ich dich zwinge? Und wenn ichs aus dir rausprügle?«
»Hat keinen Sinn. Ich weiß es nicht.«
Irgendwie glaubte ich ihm. Ich ließ ihn los, und er fiel beinah um. Ich ging zurück zu meinem Drehstuhl.
»Ich heiße Amos«, sagte er. »Amos Redsdale. Ich kann Ihnen sagen, wie Sie an den Red Sparrow rankommen. Wollen Sie's hören?«
»Was ist es?«
»Eine Adresse. Von einer Frau. Die weiß Bescheid.«
»Wieviel?«
»Fünf'n siebzig Dollar.«
»Schaff dich vom Acker, Amos.«
»Sie wollen nicht? Auch gut. Ich muß los. Ich will noch das erste Rennen schaffen. Hab 'n Tip fürs Daily Double.«
»Fünfzig.«
»Sechzig.«
»Also gut. Her mit der Adresse.«
Ich kramte drei Zwanziger raus, und er gab mir einen Zettel. Ich faltete ihn auseinander und las: »Deja Fountain, Apt. 9, 3234 Rudson Drive, W.L.A.«
»Weißt du, Amos, du könntest da Gott-weiß-was hingeschrieben haben. Woher weiß ich, daß das was taugt?«
»Gehn Sie einfach hin, Belane. Das bringts.«
»Sollte es auch, Amos. Wenn dir dein Arsch lieb ist.«
»Ich muß das erste Rennen noch schaffen«, sagte er. Er drehte sich um und ging aus der Tür.
Und ich saß da, um sechzig Dollar ärmer, und hatte ein Stück Papier in der Hand.

41

Ich wartete bis zum Abend und fuhr da mal hin. Gemütliche Gegend. Definition einer gemütlichen Gegend: Ein Ort, den du dir nicht leisten kannst. Nach einer kurzen Stärkung aus der Wodkaflasche stieg ich aus, schloß die Karre ab und ging den Weg zur Wohnanlage rauf. Ich drückte auf die Klingel neben dem Namen Deja Fountain. Die Stimme, die aus der Sprechanlage kam, klang reizend, wenn auch mit einem Unterton von Härte.

»Ja?«

»Ich möchte zu Deja Fountain. Es geht um den Red Sparrow. Amos Redsdale schickt mich. Mein Namen ist Nick Belane.«

»Sir, ich habe keine Ahnung, von was Sie da reden.«

»Scheiße.«

»Was?«

»Nichts. Man hat mich reingelegt . . .«

»War nur Spaß. Kommen Sie bitte rein.«

Ein lauter Summer ertönte. Ich drückte die Tür auf und ging auf einem luxuriösen Teppichboden zum Apartment Nr. 9. Was war das mit der Neun? Hatte irgendwie eine Aura von Gefahr. Aber das war eine Sorge, die ich mir bei den meisten Zahlen machte. Ich mochte nur 3, 7 und 8 oder Kombinationen davon.

Ich drückte auf die Türklingel. Drinnen hörte ich Schritte, und dann wurde die Tür geöffnet.

Überwältigend, dieser Anblick. Rotes Kleid, grüne Augen, lange dunkelbraune Haare. Jung. Klasse Arsch. Ein Hauch von Minze. Die Lippen verzogen sich zu einem Lächeln.

»Mr. Belane. Bitte treten Sie ein.«

Ich folgte ihr in den Vorraum. Und spürte im nächsten Augenblick einen harten Gegenstand im Rücken.
»Keine Bewegung, Motherfucker! Bis auf die Arme! Hoch damit! Und sieh zu, daß du bis an die Decke kommst!«
»Bist du Schwarzer?« fragte ich.
»Was?«
»Nur Schwarze sagen Motherfucker.«
Er tastete mich ab, fand meine Knarre und nahm sie mir ab.
»So. Umdrehn, Mr. Belane.«
Ich drehte mich zu ihm um. Massiver Kerl, aber Weißer.
»Du bist ja 'n Weißer«, sagte ich.
»Na und? Sie ja auch.«
»Tja, da will ich doch ein Motherfucker sein«, sagte ich.
»Liegt ganz bei Ihnen. Ihre Knarre bekommen Sie wieder, wenn Sie gehn.«
Ich folgte Deja ins angrenzende Zimmer. Sie bot mir einen Sessel an. Es war ein großer Raum. Kalt. Ich spürte einen Hauch von Gefahr.
Sie setzte sich auf die Couch, nahm sich eine schlanke Zigarre, pellte die Zellophanhülle ab, leckte sie ein bißchen an, biß das eine Ende ab und gab sich Feuer. Die Rauchwölkchen, die sie paffte, waren blau und sexy. Sie fixierte mich mit ihren grünen Augen.
»Ich höre, Sie suchen nach dem Red Sparrow.«
»Ja, für einen Klienten.«
»Und wer ist das?«
»Das ist vertraulich.«
»Ich habe das Gefühl, daß wir gute Freunde werden können, Mr. Belane. Sehr gute Freunde.«
»Ah ja?«
»Sie sind ein attraktiver Mann, auf Ihre Art. Das ist Ihnen doch sicher klar. Dieser sympathisch zerknautschte Look steht Ihnen richtig gut. Die meisten Männer verstehen überhaupt nicht zu leben, sie nutzen sich nur ab.«

»Was Sie nicht sagen.«
»Sie können mich Deja nennen.«
»Deja.«
»Ach verdammt, warum kommen Sie nicht her und setzen sich zu mir?«
Ich bewegte meine Pfunde rüber und pflanzte mich neben ihr auf die Couch. Sie lächelte.
»Lust auf einen Drink?«
»Klar. Vielleicht ein Scotch mit Soda?«
»Bernie«, sagte sie, »einen Scotch mit Soda, bitte.«
Nach einer Weile kam der Motherfucker, der mir die Knarre abgenommen hatte, wieder herein und stellte mir das Glas auf den Couchtisch.
»Danke, Bernie.«
Er verzog sich.
Ich probierte den Scotch. Nicht schlecht. Gar nicht übel.
»Mr. Belane«, sagte sie, »ich soll Ihnen sagen, daß Sie die Sache mit dem Red Sparrow vergessen müssen.«
»Ich lasse nie einen Fall sausen. Außer, der Klient will es.«
»Diesen lassen Sie sausen, Mr. Belane.«
»Nö.«
»Stört es Sie, daß ich rauche?«
»Nö.«
»Möchten Sie mal probieren?«
»Mhm.«
Sie gab mir die Zigarre. Ich machte einen tüchtigen Zug, inhalierte, blies den Rauch aus und gab sie ihr zurück. Im nächsten Augenblick wellten sich leicht die Wände, und der Teppichboden hob und senkte sich. Ich sah blaue Sternchen vor den Augen. Dann spürte ich ihre Lippen auf meinen. Sie küßte mich, löste sich von mir und lachte.
»Wie lange haben Sie schon keine Frau mehr gehabt, Belane?«
»Weiß ich nicht mehr . . .«

Sie lachte wieder und küßte mich noch einmal. Es war tatsächlich lange her. Ihre Zunge schlängelte sich in meinen Mund. Ihr Körper drängte sich schlangengleich an mich.
Ich hörte Schritte. Dann eine Stimme: *»Das reicht!«*
Es war Bernie. Er stand da und hatte in jeder Hand eine Waffe. Die eine erkannte ich. Es war meine.
»Ja, ja, Bernie, schon gut«, sagte ich.
Bernie atmete so schwer, als wäre kein Sauerstoff mehr in der Luft. Er starrte Deja an, und sein Blick umflorte sich.
»Deja«, sagte er, »du weißt, ich liebe dich! Ich bring den Kerl um. Ich bring *dich* um. Und dann mich selber!«
Ich war genau in der richtigen Position. Ich schwang das rechte Bein hoch und erwischte ihn voll. Er brüllte, griff sich an die Weichteile und ging zu Boden. Ich hob die Knarren auf, verstaute die eine im Schulterhalfter und behielt die andere in der rechten Hand. Mit der linken zerrte ich ihn hoch und ließ ihn auf einen Sessel plumpsen. Ich packte ihn an den Haaren und zog ihm den Kopf nach hinten, bis sein Mund aufklappte. Dann schob ich ihm den Lauf der Waffe rein.
»Daran kannst du ne Weile lutschen, Freundchen, bis ich mir überlegt hab, was ich mit dir mache.«
Bernie gab gurgelnde Laute von sich.
»Bringen Sie ihn nicht um!« sagte Deja. »Bitte, tun Sie ihm nichts!«
»Was weißt du vom Red Sparrow, Motherfucker?« fragte ich ihn.
Er gab keine Antwort.
Ich drückte ihm den Lauf noch ein Stück weiter rein. Er ließ einen fahren. Einen lauten. Einen, der stank. Ich zog den Lauf heraus und stieß ihn zu Boden.
»Ekelhaft! Mach sowas bloß nicht nochmal!«
Ich drehte mich zu Deja um. »Hat er hier ein Zimmer?«

»Ja.«
»Also«, sagte ich zu Bernie, »du gehst jetzt auf dein Zimmer, und du kommst erst wieder raus, wenn ichs dir sage.«
Er nickte.
»Dann mal los«, sagte ich.
Er rappelte sich hoch und schlurfte um die nächste Ecke. Kurz danach war das Geräusch einer Tür zu hören.
Deja hatte ihre Zigarre ausgedrückt. Ihr Lächeln war verschwunden.
»So, Baby«, sagte ich, »jetzt laß uns mal weitermachen, wo wir aufgehört haben.«
»Ich will nicht.«
»Was? Wieso? Du warst mir mit deiner Zunge schon halb die Speiseröhre runter.«
»Ich hab Angst vor Ihnen. Sie sind ein Gewaltmensch.«
»Aber *er* hat dich doch killen wollen! Hast du ihn nicht gehört?«
»Er hats wahrscheinlich nicht ernst gemeint.«
»Wenn Liebe und Knarren im Spiel sind, verläßt man sich nicht auf ne Vermutung.«
Sie seufzte. »Ich mach mir Sorgen um Bernie. Er sitzt ganz allein in seinem Zimmer.«
»Hat er keinen Fernseher? Kreuzworträtsel? Einen Comic?«
»Bitte, Mr. Belane – gehn Sie bitte!«
»Baby, ich will hinter diese Red-Sparrow-Geschichte kommen.«
»Nicht heute abend ... nicht jetzt.«
»Wann denn?«
»Morgen. Um die gleiche Zeit.«
»Dann schick aber Bernie ins Kino oder sonstwohin.«
»Ist gut.«
Ich nahm mein Glas in die Hand und trank es aus. Sie blieb auf ihrer Couch sitzen und starrte den Teppich an. Ich machte die Tür hinter mir zu, ging den Flur runter und raus

zu meinem Wagen, stieg ein und ließ den Motor an. Ich blieb eine Weile sitzen, bis er warmgelaufen war. Es war eine laue Nacht, und der Mond schien. Ich hatte noch immer einen stehen.

42

Ich fand eine Bar, in der ich noch keinen Ärger gehabt hatte. Sie nannte sich Blinky's und sah auf den ersten Blick ganz passabel aus: Dumpfbacken, allerhand Nischen mit ledergepolsterten Sitzen, schummrige Beleuchtung, Qualm. Der Raum hatte eine angenehm tote Atmosphäre. Ich setzte mich in eine Nische. Die Bedienung kam. Sie steckte in einem blöden Outfit – ein Jumper in Pink und ein dick wattierter Stütz-BH. Sie lächelte ein grausiges Lächeln und ließ einen Goldzahn blitzen. Ihre Augen waren leer.

»Was soll's sein, Honey?« fragte sie mit ätzender Stimme.

»Zwei Flaschen Bier. Ohne Glas.«

»Zwei Flaschen?«

»Ja.«

»Welche Sorte?«

»Was Chinesisches.«

»Chinesisch?«

»Zwei Flaschen chinesisches Bier. Kein Glas.«

»Kann ich Sie mal was fragen?«

»Ja.«

»Wollen Sie alle zwei Flaschen trinken?«

»Das hoff ich doch.«

»Warum trinken Sie nicht erst eine und bestellen dann die andere? Dann bleibt die zweite länger kalt.«

»Ich wills halt einfach so. Wird wohl irgend ’n Grund haben.«
»Honey, wenn Sie den finden, müssen Sie’s mir sagen.«
»Warum soll ichs Ihnen sagen? Vielleicht behalt ichs lieber für mich.«
»Sir, Sie wissen, daß wir Sie nicht bedienen müssen. Wir behalten uns vor, einen Gast nicht zu bedienen.«
»Soll das heißen, Sie bedienen mich nicht, weil ich zwei Flaschen chinesisches Bier will und Ihnen nicht sage warum?«
»Ich hab nicht gesagt, daß wir Sie nicht bedienen. Ich hab gesagt, wir behalten uns das Recht vor . . .«
»Hören Sie, der Grund ist mein unbewußtes Bedürfnis nach Sicherheit. Ich hatte ne beschissene Kindheit. Zwei Flaschen auf einmal, das erfüllt bei mir ein tiefsitzendes Bedürfnis. Vielleicht. Sicher bin ich mir nicht.«
»Honey, ich sag Ihnen mal was – Sie brauchen einen Psychiater.«
»Na schön, ich werd mir einen suchen. Kann ich inzwischen zwei Flaschen chinesisches Bier haben?«
Ein massiver Kerl mit einer verschmutzten weißen Barkeeper-Schürze kam an den Tisch.
»Gibts hier Ärger, Betty?«
»Der Typ will zwei Flaschen chinesisches Bier. Ohne Glas.«
»Betty, der erwartet wahrscheinlich noch ’n Freund.«
»Der hat keinen Freund, Blinky.«
Blinky sah mich an. Wieder so ein wuchtiger fetter Mensch. So groß wie zwei.
»Ham Sie keinen Freund?« fragte er mich.
»Nee.«
»Was wollen Sie dann mit zwei Flaschen chinesischem Bier?«
»Trinken will ich sie.«

»Warum bestellen Sie nicht erst eine, trinken sie aus und bestellen dann noch eine?«

»Weil's mir so lieber ist.«

»So was hab ich noch nie gehört«, sagte Blinky.

»Wieso geht das nicht? Gibts ne Verordnung dagegen?«

»Nee, ist bloß komisch.«

»Ich hab ihm gesagt, er braucht 'n Psychiater«, sagte Betty.

Sie standen beide da und sahen mich an. Ich zückte eine Zigarre und brannte sie mir an.

»Das Ding da stinkt«, sagte Blinky.

»Deine Scheiße auch«, sagte ich.

»Was?«

»Bring mir *drei* Flaschen chinesisches Bier«, sagte ich. »Ohne Glas.«

»Der Kerl spinnt«, sagte Blinky.

Ich lachte ihm ins Gesicht und sagte: »Quatsch mich nicht mehr dumm an. Und tu nichts, was mich irritiert. Sonst baller ich dir die Lippen von deinem Arschgesicht weg, Buddy-Boy.«

Blinky wurde starr. Sah aus, als würde er sich gleich in die Hosen machen.

Betty stand neben ihm und schwieg.

Eine Minute verging. Dann sagte Betty: »Was mach ich jetzt, Blinky?«

»Hol ihm drei Flaschen chinesisches Bier. Ohne Glas.«

Betty ging die Flaschen holen.

»So«, sagte ich zu Blinky, »du hockst dich jetzt hier auf die andere Seite vom Tisch und siehst mir zu, wie ich die drei Flaschen trinke.«

»Is klar«, sagte er und zwängte sich irgendwie in die Nische. Er schwitzte. Sein Dreifachkinn zitterte.

»Blinky«, sagte ich, »du hast nicht zufällig den Red Sparrow gesehn, oder?«

»Den Red Sparrow?«

»Ja, den Red Sparrow.«
»Nee, hab ich nicht gesehn«, sagte er.
Betty kam mit den Bierflaschen zurück.
Na endlich.

43

Am folgenden Abend stand ich also wieder vor der bewußten Wohnanlage. Meine Schuhe waren frisch gewienert, und ich hatte nur drei oder vier Biere intus. Ein leichter Regen nieselte ominös herunter. »Da pinkelt der liebe Gott«, hatten wir als Kinder immer gesagt. Ich fühlte mich geistig wie körperlich abgeschlafft. Wollte raus aus diesem Affenzirkus. In den Ruhestand. Nach Las Vegas, zum Beispiel. An den Spieltischen rumlungern und welterfahren dreinsehen. Blödianen zusehen, wie sie ein Vermögen verspielten. So stellte ich mir einen beschaulichen Lebensabend vor. Im Lichterglanz relaxen, während das offene Grab mich angrinste. Leider, verdammt nochmal, hatte ich nicht das Geld dazu. Außerdem mußte ich den Red Sparrow suchen.
Ich drückte auf die Klingel von Apartment 9 und wartete. Ich drückte noch einmal. Nichts. O je. Ach je, ach je. Ich wollte gar nicht dran denken. Waren die beiden ausgebüchst, Deja und der Motherfucker? Hätte ich sie doch nur am vergangenen Abend schon ausgequetscht. Waren sie mir durch die Lappen gegangen?
Ich zündete mit der einen Hand meinen Zigarrenstummel an, und mit der anderen steckte ich die Plastik-Karte in die Ritze und fummelte das Türschloß auf. Ich ging durch den

Korridor zur Nummer Neun und lauschte. Nichts. Nicht mal das Rascheln einer Maus. Ach herrje. Scheiße nochmal. Ich brach die Tür auf, ging stracks ins Schlafzimmer und öffnete sämtliche Schranktüren. Leer. Keine Kleider mehr drin. Nichts als einsame Kleiderbügel. Schauerlicher Anblick. Gestern noch dem Red Sparrow auf den Fersen, und jetzt bestand die ganze Ausbeute aus zweiunddreißig nackten Kleiderbügeln. Ich hatte nicht mehr das Zeug dazu. Als Detektiv war ich eine lächerliche Figur. Ich dachte verschwommen an Selbstmord, entschied mich dagegen, griff in die Jackentasche, fand die Wodkaflasche, trank einen Schluck und spuckte den Zigarrenstummel aus.
Dann drehte ich mich um, ging raus und den Korridor runter, bis ich fand, was ich suchte. Die Tür mit dem Schild MANAGER, M. TOHIL.
Ich klopfte.
»Yeah?« kam es von drinnen. Klang schon wieder nach einem massiven Typ.
»Blumen, Mr. Tohil. Ich hab Blumen für Tohil abzugeben.«
»Wie sind Sie reingekommen?«
»Die Haustür war offen, Mr. Tohil.«
»Unmöglich!«
»Mr. Tohil, da kam grade ne Dame raus, und da bin ich halt rein.«
»Das dürfen Sie nicht!«
»Hab ich nicht gewußt. Was hätt ich denn machen sollen?«
»Sie müssen draußen nach mir klingeln und mir sagen, wer Sie sind und was Sie wollen.«
»Na schön, Mr. Tohil, dann geh ich jetzt raus und klingle bei Ihnen und sag Ihnen, daß ich Blumen für Sie abzugeben hab. Wärs Ihnen so recht?«
»Schon gut, Boy. Moment ...«
Die Tür ging auf. Mit einem Satz war ich drin, trat die Tür hinter mir zu und packte ihn am Gürtel. Hm, da hatte ich

aber ne Handvoll. Der Kerl war ein Schrank. Unrasiert. Roch leicht nach Schwefel. Brachte gut 115 Kilo auf die Waage.

»Scheiße, was soll das? Wo sind die Blumen? Laß meinen gottverdammten Gürtel los!«

»Langsam, Tohil.« Ich ließ ihn los. »Ich bin Privatdetektiv. Mit Lizenz und allem. Ich will wissen, wo Deja Fountain aus Apartment 9 ist.«

»Rutsch mir den Buckel runter. Und sieh zu, daß du hier verschwindest.«

Ich machte einen Schritt zurück.

»Immer mit der Ruhe, Mr. Tohil. Ich will nur ne Auskunft, dann geh ich.«

»Die Auskunft ist Privatsache, und du gehst ohne sie. Weil ich dich jetzt nämlich rausschmeiße!«

»Ich hab 'n Schwarzen Gürtel, Tohil. Das ist ne tödliche Waffe. Zwingen Sie mich nicht, sie einzusetzen.«

Er lachte und machte einen Schritt auf mich zu.

»Keinen Schritt weiter!« schrie ich.

Er blieb stehen.

»Tohil, ich muß den Red Sparrow finden, und Deja Fountain hat mit der Lösung des Falls zu tun. Ich muß wissen, wohin sie und ihr Freund verschwunden sind.«

»Sie ham keine Adresse hinterlassen«, sagte er. »Jetzt zieh Leine, eh ich dir ins Gesicht furze.«

Ich zog die 32er und richtete sie auf seinen Bauch.

»Wo ist Deja Fountain?!« schrie ich.

»Leck mich«, sagte er und ging auf mich los.

»Stehnbleiben!« kommandierte ich.

Er war so doof und hörte nicht auf mich. Ich geriet in Panik und zog den Abzugsbügel durch.

Er klemmte.

Im nächsten Moment schlossen sich Tohils Hände um meinen Hals. Sie waren groß wie Schinken, und die gewaltigen

Wurstfinger waren dumpf und gnadenlos. Ich kriegte keine Luft mehr. Enorme Blitze zuckten hinter meinen Augen. Ich rammte ihm ein ums andere Mal das Knie in den Unterleib, aber es nützte nichts. Er war eine Mißgeburt. Hatte seine Geschlechtsorgan vermutlich in der Achselhöhle. Ich war ihm wehrlos ausgeliefert. Ich roch den Tod in der Luft. Aber mein Leben rauschte nicht wie ein Film vorüber. Ich hörte nur eine Stimme in meinem Hinterkopf, die sagte: »Du brauchst 'n neuen rechten Hinterreifen ...« Stupid. Dämlich. Ich war geliefert. Erledigt. Aus und vorbei.

Auf einmal spürte ich, wie die Hände losließen. Ich taumelte nach hinten. Saugte Luft in meine Lungen. Aus der Stratosphäre oder sonstwoher.

Ich warf einen Blick auf Tohil. Er sah nicht gut aus. Gar nicht gut. Er schaute mich an, aber ohne mich zu sehen. Packte seinen linken Arm, hielt ihn fest und bekam einen fürchterlich gequälten Gesichtsausdruck. Er rang nach Luft, verdrehte die Augen und sackte zusammen.

Ich ging hin, beugte mich runter und fühlte seinen Puls. Nichts. Er war hinüber. Bye-bye.

Ich setzte mich in einen Sessel. Und gegenüber, auf der Couch, saß auf einmal *sie.* Lady Death. Sah besser aus denn je. Was für eine Braut. Ließ einen nie im Stich. Solider als Gold. Sie lächelte.

»Wie gehts, Belane?«

»Kann nicht klagen, Lady.«

Sie war ganz in schwarz. Schwarz stand ihr gut. Rot auch.

»Du mußt auf dein Gewicht achten, Belane. Du ißt zuviel Fritten, Kartoffelbrei, Nachtisch ... und du hast wieder Bier genuckelt.«

»Yeah. Na ja ... stimmt.«

Sie lächelte wieder. Kräftige, makellose Zähne. Einem Klempner konnte sie damit glatt den Schraubenschlüssel durchbeißen.

»Tja«, sagte sie, »ich muß wieder los. Hab in der Gegend noch was zu erledigen.«
»Jemand, den ich kenne?«
»Kennst du einen Harry Dobbs?«
»Nee, glaub nicht.«
»Na, falls doch, kannst du ihn ab sofort vergessen.«
Und damit verschwand sie. Urplötzlich.
Ich ging zu Tohil und zog ihm die Brieftasche raus. Ein Fünfziger war drin, zwei Zwanziger, ein Fünfer und ein einzelner. Ich verstaute die Scheine in meiner rechten Hosentasche. Dann machte ich die Tür auf und hinter mir zu und ging den Flur runter. Niemand zu sehen. Ich schaffte es zur Haustür, und als ich rauskam, nieselte es immer noch. Es tat gut, den Regen auf dem Gesicht zu spüren. Ich atmete tief durch, seufzte und machte mich auf die Suche nach meinem Auto. Es stand noch da. Ich ging hinten herum und sah mir den rechten Reifen an. Tatsächlich, er hatte kein Profil mehr. Ich brauchte einen neuen.

44

Wieder mal ein Grund, deprimiert zu sein. Ich fuhr nach Hause, ging rein und machte eine Flasche Scotch auf. Scotch-and-Water, mein alter Freund. Mit Scotch wird man nicht gleich einig, aber wenn man sich eine Weile damit beschäftigt hat, spürt man seinen Zauber. Scotch hat für mich einen besonderen Hauch von Wärme, den ich in Whisky nicht finde. Jedenfalls, ich saß in einem Sessel, die Flasche neben mir, und blies Trübsal. Den Fernseher knipste ich gar nicht erst an. Wenn man sich schlecht fühlt, wirds mit dem Scheißding nur noch schlimmer. Ein ödes Gesicht nach dem anderen. Es hörte nie auf. Eine endlose Prozession von Idioten, und manche von ihnen waren berühmt. Die Komiker waren nicht komisch, und der dramatische Kram war drittklassig. Da gab es für mich nicht viel anderes als Scotch.

Aus dem Nieselregen war ein richtiger geworden, und ich saß da und hörte ihm zu, wie er aufs Dach prasselte.

Es war ein Fehler gewesen, die beiden entkommen zu lassen. Und ich wußte, daß ich meinen ersten Informanten nie mehr wiederfinden würde. Ich stand wieder da, wo ich angefangen hatte. Der Red Sparrow hatte sich verflüchtigt. Ich war dumm gewesen und hatte nicht zugepackt. Mit meinen fünfundfünfzig Jahren stolperte ich immer noch im dunkeln herum. Wie lange konnte ich so noch weitermachen? Hatten die Unfähigen was anderes verdient als einen Tritt in den Arsch? Mein Alter hatte mir gesagt: »Verleg dich auf etwas, wo sie dir das Geld hinblättern und dann hoffen, daß sie's wiederkriegen. Also Banken und Versicherungen. Nimm die Knete und gib ihnen ein Stück Papier dafür. Zapf sie an – sie werden immer noch was nachschießen. Die werden von zweierlei getrieben: Habgier und Angst. Dich treibt nur eins: Die Gelegenheit beim Schopf packen.« Das hörte sich nach einem guten Rat an. Nur daß mein Vater pleite war, als er starb.

Ich goß mir den nächsten Scotch ein.

Herrgott, sogar mit Frauen hatte ich versagt. Drei Ehen. War eigentlich jedesmal nichts wirklich schiefgelaufen. Kleinliches Gemecker, das hatte alles kaputtgemacht. Sich ereifern wegen nichts. An allem was auszusetzen finden. Tag für Tag, Jahr um Jahr. Ein Abnutzungsprozeß. Statt daß man einander unter die Arme griff, hackte man auf dem anderen herum und versteifte sich auf dies und das. Generve. Endloses Generve. Es wurde zu einem schäbigen Wettkampf. Und wenn man erst mal angefangen hatte, wurde es zur Gewohnheit. Man schien nicht mehr rauszukommen. Fast wollte man nicht mehr raus. Und dann stieg man aus. Ganz und endgültig.

So, und da war ich nun. Saß da und hörte dem Regen zu. Wenn ich in diesem Augenblick tot umfiel, würde auf der ganzen Welt keiner eine Träne vergießen. Nicht, daß ich das gewollt hätte. Aber merkwürdig war es doch. Wie allein konnte man sein? Doch die Welt war voll von alten Knakkern wie mir. Sie saßen da, hörten dem Regen zu und fragten sich, wo alles geblieben war. Das ist der Punkt, wo man weiß, daß man alt ist. Wenn man dasitzt und sich fragt, wo alles geblieben ist.

Tja. Nirgends ist es geblieben. Ist auch nicht so gedacht. Ich hatte drei Viertel meines Lebens hinter mir. Ich machte den Fernseher an. Es lief gerade ein Werbespot. *Einsam? Deprimiert? Kopf hoch. Rufen Sie eine unserer wunderschönen Ladies an. Sie möchten gern mit Ihnen reden. Mastercard oder Visa. Sprechen Sie mit Kitty, Franci oder Bianca. Tel. 800-435-8745.*

Sie zeigten die Girls. Kitty sah am besten aus. Ich trank einen Schluck Scotch und wählte die Nummer.

»Yeah?« Eine barsche Männerstimme.

»Kitty, bitte.«

»Sind Sie einundzwanzig oder drüber?«

»Drüber«, sagte ich.

»Master oder Visa?«

»Visa.«

»Geben Sie mir die Nummer und das Verfallsdatum. Außerdem Adresse, Telefonnummer, Sozialversicherungsnummer und die Nummer Ihres Führerscheins.«

»Hey, woher weiß ich, daß ihr damit nichts anstellt? Auf meine Kosten, meine ich. Daß ihr die Angaben benutzt, um mich auszunehmen.«

»Hör'n Sie mal, wollen Sie mit Kitty reden oder nicht?«

»Denk schon ...«
»Wir werben im Fernsehen. Wir sind schon zwei Jahre im Geschäft.«
»Na schön. Moment, ich muß das erst raussuchen.«
»Wenn Sie uns nicht wollen, dann wollen wir Sie auch nicht, Sportsfreund.«
»Was wird mir denn Kitty so alles sagen?«
»Es wird Ihnen gefallen.«
»Woher wollen Sie das wissen?«
»Hey! ... ja?«
»Schon gut, schon gut, Moment noch ...«
Ich gab ihm alles durch. Es dauerte eine ganze Weile, bis sie die Kreditkarte abgecheckt hatten. Dann hörte ich eine Stimme.
»Tag, Baby, hier ist Kitty!«
»Hallo, Kitty. Ich bin Nick.«
»Ohhhh, klingst du sexy! Ich werd schon ein bißchen erregt!«
»Ach was, meine Stimme ist nicht sexy.«
»Oh, du bist ja bloß schüchtern!«
»Nee, Kitty, ich bin nicht schüchtern ...«
»Weißt du, ich hab das Gefühl, ich bin ganz nah bei dir. Als würd ich auf deinem Schoß sitzen und dich anschauen mit meinen großen blauen Augen. Du beugst dich runter, als ob du mich küssen willst ...«
»Das ist doch Quatsch, Kitty. Ich sitz hier allein und trink 'n Scotch und hör dem Regen zu.«
»Paß auf, Nick, ein bißchen Phantasie mußt du schon reinbringen. Laß dich gehn, und du wirst überrascht sein, was wir alles miteinander machen können. Find'st du meine Stimme nicht gut? Find'st du sie nicht ein bißchen, äh, sexy?«
»Ein bißchen, ja. Aber nicht viel. Du hörst dich an, als wärst du erkältet. Hast du Schnupfen?«

»Nick, Nick, mein lieber Junge, ich bin viel zu *heiß*, um ne Erkältung zu kriegen!«

»Was?«

»Ich hab gesagt, ich bin viel zu heiß für ne Erkältung.«

»Na, du klingst aber erkältet. Oder rauchst du zuviel?«

»Ich rauche nur *eins,* Nick!«

»Und was ist das, Kitty?«

»Kannst du's nicht raten?«

»Nee.«

»Schau mal an dir runter, Nick.«

»Na gut.«

»Was siehst du?«

»Ein Glas Scotch. Das Telefon . . .«

»Was noch, Nicky?«

»Meine Schuhe . . .«

»Nick, und was ist das für ein *großes Ding,* das da vorne von dir absteht?«

»Ach, das. Das ist mein Bauch.«

»Sprich weiter, Nick. Hör mir zu. Stell dir vor, ich sitz bei dir auf dem Schoß, und mein Kleid ist ein Stück hochgerutscht, und du kannst meine Knie und meine Schenkel sehn. Ich hab lange blonde Haare. Sie flatttern ganz um mich rum. Stell dir das alles vor, Nick . . .«

»Na schön . . .«

»Also, und was siehst du jetzt?«

»Dasselbe wie vorhin: Telefon, meine Schuhe, meinen Drink, meinen Bauch . . .«

»Nick, du bist ja soo ungezogen! Ich hätte große Lust, da rüberzukommen und dir den Hintern zu versohlen! Oder vielleicht laß ich mich von *dir* versohlen!«

»Was?«

»Pitschi-patschi, Nick!«

»Kitty?«

»Ja?«

»Bleibst du mal ’n Moment dran? Ich muß aufs Klo.«
»Oh Nick, ich weiß, was du vorhast! Aber dazu brauchst du doch nicht aufs Klo, das kannst du doch am Telefon machen und dabei mit mir reden!«
»Nee, kann ich nicht, Kitty. Ich muß pissen.«
»Nick », sagte sie, »unser Gespräch ist beendet!«
Sie legte auf.
Ich ging pinkeln. Draußen hörte ich noch immer den Regen. Na ja, es war eine lausige Unterhaltung gewesen, aber wenigstens hatte es mich vom Red Sparrow und anderen Dingen abgelenkt. Ich zog die Spülung, wusch mir die Hände, starrte in den Spiegel, zwinkerte mir zu und ging zurück zu meinem Scotch.

45

Am nächsten Tag im Büro fühlte ich mich ausgesprochen unzufrieden. Ehrlich gesagt, ich fand alles beschissen. Ich kam nicht voran, und der Rest der Welt kam auch nicht von der Stelle. Wir hingen alle nur rum und warteten auf den Tod und vertrieben uns die Zeit mit Kleinkram. Manche von uns hatten nicht mal Kleinkram. Wir waren hoffnungslose Fälle. Ich weiß nicht, was für eine Sorte ich war, aber ich kam mir vor wie eine verhutzelte Steckrübe. Ich zündete mir eine Zigarre an, inhalierte und tat so, als hätte ich den großen Durchblick.
Das Telefon läutete. Ich nahm ab.
»Ja?«
»Mr. Belane, Sie können einen unserer Hauptpreise gewinnen. Sie können wählen zwischen einem Fernseher, einer

Reise nach Somalia, fünftausend Dollar oder einem Herrenknirps. Wir haben für Sie ein kostenloses Hotelzimmer mit Frühstück. Sie brauchen nichts weiter zu tun, als an einem unserer Seminare teilzunehmen, wo wir Ihnen eine unbegrenzte Auswahl an günstigen Grundstücken anbieten ...«

»He, Mann«, sagte ich.

»Ja, Sir?«

»Pimper 'n Karnickel.«

Ich legte auf. Ich starrte das Telefon an. Was für ein tödliches, verdammtes Ding. Aber man brauchte es für den Polizeinotruf. Man konnte nie wissen.

Ich brauchte Urlaub. Ich brauchte fünf Frauen. Ich brauchte einen Ohrenarzt, der mir das Schmalz rausmachte. Mein Auto brauchte einen Ölwechsel. Ich hatte meine verdammte Steuererklärung nicht gemacht. An meiner Lesebrille war ein Bügel abgeknickt. In meiner Wohnung machten sich Ameisen breit. Ich mußte mir Zahnstein entfernen lassen. Meine Absätze waren schiefgelatscht. Ich litt an Schlaflosigkeit. Mein Auto war nicht mehr versichert. Ich schnitt mich jedesmal beim Rasieren. Ich hatte seit sechs Jahren nicht mehr gelacht. Ich machte mir grundlos Sorgen. Und wenn ich Grund hatte, mir Sorgen zu machen, betrank ich mich.

Wieder klingelte das Telefon. Ich nahm den Hörer ab.

»Belane?« fragte eine Stimme.

»Vielleicht«, sagte ich.

»Von wegen«, sagte die Stimme. »Entweder Sie sind Belane, oder Sie sind es nicht.«

»Na schön, Sie ham mich kalt erwischt. Ich bin Belane.«

»Also, Belane. Wir hören, daß Sie den Red Sparrow suchen.«

»So? Und von wem hören Sie es?«

»Das ist vertraulich.«

»Aha«, sagte ich. »Was haben Sie zu bieten?«

»Zehntausend Dollar, und wir liefern Ihnen den Red Sparrow.«

»Ich hab keine zehn.«
»Wir können Sie mit jemand zusammenbringen, der Ihnen das Geld leiht.«
»Tatsächlich?«
»Ja. Nur fünfzehn Prozent Zinsen. Im Monat.«
»Aber ich hab keine Sicherheiten.«
»Oh doch.«
»Nämlich?«
»Ihr Leben.«
»Und das reicht? Reden wir mal drüber.«
»Aber gern, Belane. Wir sind in zehn Minuten bei Ihnen.«
»Woher soll ich wissen, daß Sie's sind?«
»Wir sagen es Ihnen.«
Ich legte auf.

Nach zehn Minuten klopfte es. Ein lautes Klopfen. Die ganze Tür zitterte und bebte. Ich sah nach, ob meine Luger in der Schublade war. Sie war da. Bildschön. Schön wie ein weiblicher Akt.
»Die Tür ist offen, Menschenskind! Kommen Sie schon rein!«
Schwupp, flog die Tür auf. Ein gewaltiger Körper blockierte sämtliches Licht von draußen. Ein Gorilla mit einer Zigarre. Er steckte in einem hellrosa Anzug. Und hatte noch zwei kleinere Gorillas dabei.
Ich bot ihm einen Sessel an. Er pflanzte sich drauf und füllte ihn komplett aus. Die Beine gaben ein wenig nach. Die beiden anderen flankierten ihn.
Der Chefgorilla rülpste und beugte sich leicht zu mir.
»Ich bin Sanderson«, sagte er. »Harry Sanderson.« Mit einer Kopfbewegung wies er auf seine Spießgesellen. »Und das sind meine Jungs.«
»Ihre Söhne?« fragte ich.
»Jungs«, sagte er. »Jungs.«

»Aha«, sagte ich.
»Sie brauchen uns«, sagte Sanderson.
»Mhm.«
»Wegen dem Red Sparrow.«
»Haben Sie was mit der Braut und ihrem Fuzzi zu tun, die vorgestern abend aus ihrem Apartment verschwunden sind?«
»Ich hab mit keiner Braut zu tun«, sagte er. »Bräute brauch ich nur für eins.«
»Und zwar?«
»Daß sie mir das Achterdeck schrubben.«
Seine beiden Affen kicherten. Sie fanden das witzig.
»Ich find das gar nicht witzig«, sagte ich.
»Interessiert uns nicht, was Sie denken«, sagte Sanderson.
»Das klingt vernünftig«, meinte ich. »Dann kommen wir doch jetzt mal zum Red Sparrow.«
»Zehntausend Dollar«, sagte Sanderson.
»Wie gesagt, die hab ich nicht.«
»Und wie ich schon sagte, besorgen wir Ihnen einen Kreditgeber und bequeme Konditionen. Fünfzehn Prozent im Monat.«
»Na schön, her mit dem Kreditgeber.«
»Das sind wir selber.«
»Sie?«
»Ja, Belane. Wir geben es Ihnen, und Sie geben es gleich wieder her. Dann zahlen Sie jeden Monat fünfzehn Prozent von zehn Riesen, bis alles abgestottert ist. Sie brauchen nur dieses Blatt Papier zu unterschreiben. Wir zahlen Ihnen das Geld gar nicht erst aus. Wir behalten es einfach, damit Sie sich die Mühe sparen können, es zurückzugeben.«
»Und dafür kriege ich . . .«
»Und dafür kriegen Sie den Red Sparrow.«
»Was gibt mir denn die Sicherheit?«
»Welche Sicherheit?«

»Daß Sie mir den Red Sparrow liefern.«
»Da müssen Sie uns schon vertrauen.«
»Aha. Dacht ichs mir doch.«
»Tun Sie's etwa nicht, Belane?«
»Was?«
»Uns vertrauen.«
»Doch, sicher. Aber es wär besser, ihr vertraut mir.«
»Wie denn?«
»Indem ihr mir den Red Sparrow zuerst liefert.«
»Was? Für was halten Sie uns – ne Bande von Holzköpfen?«
»Ja, so was in der Art . . .«
»Werden Sie nicht affig, Belane. Sie müssen uns vertrauen, sonst kriegen Sie den Red Sparrow nicht zu sehen. Es ist Ihre einzige Chance. Denken Sie drüber nach. Sie haben vierundzwanzig Stunden.«
»Na gut, ich fang gleich damit an.«
»Überlegen Sie, Belane«, sagte der große Gorilla in dem rosa Anzug und stand auf. »Überlegen Sie sichs gut. Sagen Sie uns Bescheid. Vierundzwanzig Stunden. Danach ist der Deal geplatzt. Unwiderruflich.«
»Okay«, sagte ich.
Er drehte sich um, und einer der beiden Affen rannte zur Tür und hielt sie ihm auf. Der andere blieb stehen und starrte mich an. Dann waren alle drei verschwunden, und ich saß da und hatte keine Ahnung, wie es weitergehen sollte. Der Schwarze Peter war bei mir. Und die Uhr lief. Ach, scheiß drauf. Ich griff in die Schublade und nahm die Wodkaflasche raus. Es war Zeit für meinen Lunch.

46

Hm, was nun? Ich plagte mich so damit herum, daß ich am Schreibtisch einschlief. Als ich aufwachte, war es dunkel. Ich stand auf, zog den Mantel über, setzte mir den Derby auf und ging raus. Ich stieg ins Auto und fuhr fünf Meilen nach Westen. Nur, um was zu tun. Als ich hielt und mich umsah, war ich vor einer Bar. Über dem Eingang stand in Neonschrift: *Hades.* Ich stieg aus und ging rein. Es waren fünf Leute da. Fünf Meilen, fünf Leute. Alles kam in Fünfen. Außer dem Barmann gab es noch eine Ische und drei magere, schlappe, doofe Schnösel. Das Haar der Schnösel sah aus, als wäre es mit schwarzer Schuhwichse angeklatscht. Sie rauchten lange Filterzigaretten und bedachten mich und alles andere mit Verachtung. Sie saßen am einen Ende der Bar, die Ische am anderen, und der Barmann stand in der Mitte. Ich konnte ihn schließlich auf mich aufmerksam machen, indem ich einen Aschenbecher nahm und zweimal fallen ließ. Er blinzelte und kam zu mir her. Er hatte einen Kopf wie ein Frosch. Aber er machte keine Hüpfer, sondern wankte auf mich zu und blieb vor mir stehen.

»Scotch und Wasser«, sagte ich.

»Woll'n Sie das Wasser im Scotch?«

»Nee, ich hab gesagt Scotch *und* Wasser.«

»Hä?«

»Scotch und Wasser. Getrennt, wenn ich bitten darf.«

Die drei Jungs sahen zu mir her. Der mittlere machte den Mund auf. »He, Alter, willste mal *Aua!* schrei'n?«

Ich sah ihn nur an und lächelte.

»Wir machens dir umsonst«, sagte er. Alle drei grinsten höhnisch.

Der Barmann brachte meinen Scotch. Und das Wasser.

»Ich glaub, ich komm da runter und trink dein Glas aus«, sagte der Typ von vorhin.

»Rühr meinen Drink an, und ich brech dich übers Knie wie ne Stange trockene Scheiße.«

»Ach je, ach je«, sagte er.

»Ach je«, sagte der zweite.

»Ach je«, sagte der dritte.

Ich kippte den Scotch und ließ das Wasser stehen.

»Der Alte hält sich für stark«, sagte der in der Mitte.

»Vielleicht sollten wir mal sehn, wie stark er is«, sagte ein anderer.

»Ja«, meinte der letzte.

Gott, wie sie mich langweilten. Wie fast alle anderen. Nichts Neues mehr, keine Überraschungen. Alles platt und tot. Wie im Kino.

»Dasselbe nochmal«, sagte ich zum Barmann.

»War das 'n Scotch und Wasser?«

»War es, ja.«

»Der Alte sieht nach nix aus«, sagte der in der Mitte.

»Nichts«, sagte ich.

»Was?«

»Nach *nichts.*«

»Dann sind wir uns ja einig, hm?«

»Nee, ich korrigier dich. Und ich hoffe, es war das letzte Mal für heut abend.«

Der Barmann brachte meinen Drink und trollte sich wieder.

»Vielleicht können wir deinen Arsch korrigieren«, sagte der, der den Wortführer mimte.

Ich ließ das an mir abprallen.

»Vielleicht stopfen wir dir den Kopf in den Arsch«, sagte einer der beiden anderen.

Verdammte Langweiler. Die weitere verdammte Langweiler zeugten. Wo man hinsah. Was für eine Horror-Show. Die Erde war voll davon.

»Vielleicht zwingen wir dich, einen zu lutschen«, sagte einer. »Vielleicht lutscht er gern drei hintereinander«, kam es von einem anderen.

Ich sagte nichts. Ich trank meinen Scotch, einen Schluck Wasser hinterher, stand auf und wies mit einer Kopfbewegung auf den Hintereingang.

»Ach, da schau her! Er will mit uns raus!«

»Vielleicht will er uns lutschen!«

»Schau'n wir doch mal!«

Ich ging hinten raus und hörte, wie sie mir nachkamen. Dann das Klicken eines Schnappmessers. Ich fuhr noch rechtzeitig herum und kickte es dem Kerl aus der Hand. Dann drosch ich ihm eine hinters Ohr. Er ging zu Boden, und ich machte einen Schritt über ihn weg. Die beiden anderen drehten sich um und rannten los. Sie liefen durch die Bar und zum Vordereingang raus. Ich ließ sie gehen. Der Typ am Boden war noch immer bewußtlos. Ich hievte ihn über die Schulter, trug ihn nach draußen und legte ihn an einer Bushaltestelle auf die Bank. Dann zog ich ihm die Schuhe aus und warf sie in den nächsten Gully. Mit seiner Brieftasche machte ich dasselbe. Ich ging wieder in die Bar, hob das Schnappmesser auf, steckte es ein, setzte mich auf meinen Barhocker und bestellte noch einen Drink.

Die Ische räusperte sich. Sie zündete sich gerade eine Zigarette an.

»Mister«, sagte sie, »das hat mir gefallen. Ich mag richtige Männer.«

Ich ging nicht darauf ein.

»Ich heiß Trachea«, sagte sie.

Sie griff sich ihr Glas, kam an der Bar lang und setzte sich neben mich. Sie war zu stark parfümiert und hatte eine Wochenration Lippenstift auf einmal aufgetragen.

»Wir könnten uns näher kennenlernen«, meinte sie.

»Würde sich nicht lohnen. Es wär bloß fad.«

»Woher wissen Sie das?«
»Aus Erfahrung.«
»Vielleicht haben Sie immer nur die falschen Frauen getroffen.«
»Vielleicht hab ich dafür ne Schwäche.«
»Aber ich könnte die richtige sein.«
»Ja, sicher.«
»Spendieren Sie mir 'n Drink?«
Meiner kam gerade. »Einen Drink für die Dame«, sagte ich zum Barmann.
»Gin-Tonic, Bobby ...«
Bobby trollte sich.
»Sie haben mir noch gar nicht Ihren Namen gesagt«, lispelte sie.
»David.«
»Oh, das mag ich. Ich hab mal einen David gekannt.«
»Was ist aus ihm geworden?«
»Ich weiß nicht mehr.«
Sie drückte ihren Schenkel an mich und hatte ungefähr zehn Kilo Übergewicht.
»Sie sind süß«, sagte sie.
»Wieso?«
»Ach, ich weiß nicht ...« Sie machte eine Pause. »Mögen Sie mich?«
»Nee, eigentlich nicht.«
»Sollten Sie aber. Ich bin gut.«
»In was? Kurzschrift?«
»Nee, aber ich mach kurze Sachen lang.«
»Was denn, zum Beispiel?«
»Das wissen Sie doch!«
»Nee, weiß ich nicht.«
»Raten Sie mal.«
»Luftballons?«
»Sie sind ja witzig.«

»Ja, hat man mir schon gesagt.«
Ihr Drink kam. Sie nippte daran.
Je mehr ich sie ansah, desto weniger fand ich an ihr.
»Verdammt«, sagte sie, »wo ist mein Feuerzeug!«
Sie klappte ihre Handtasche auf und kramte Zeug heraus. Einen Flaschenöffner. Drei Sorten Lippenstift. Kaugummi. Eine Trillerpfeife. Und ... was war das?
»Ich hab es!« sagte sie und hielt das Feuerzeug hoch. Sie schüttelte eine Zigarette aus der Packung und gab sich Feuer.
»Was'n das für ein Ding da?« fragte ich. »Da auf der Bar. Das rote Ding da.«
Ich zeigte darauf.
»Oh«, sagte sie, »das ist mein Spatz.«
»Ist er lebendig? Oder war er es mal?«
»Nein, Sie dummer Junge, er ist ausgestopft. Ich hab ihn heute in einer Tierhandlung gekauft. Für meine Katze. Kitty spielt gern damit.«
»Ach, Scheiße. Tun Sie ihn wieder weg.«
»David, Sie waren eben so erregt ... werden Sie von Vögeln angetörnt?«
»Nur vom Red Sparrow.«
»Möchten Sie ihn haben?«
»Nee, schon gut.«
»Ich hab zuhaus noch mehr. Und sie könnten Kitty kennenlernen.«
»Nein, lassen Sie nur. Ich muß weiter.«
»Na dann, David. Aber Sie ahnen nicht, was Sie sich entgehen lassen.«
Ich stand auf, ging an der Bar lang, warf dem Barmann ein paar Scheine hin und ging raus. Der Schnösel lag nicht mehr auf der Bank. Ich stieg ins Auto, fuhr los und fädelte mich in den Verkehr ein. Es war ungefähr zehn Uhr abends. Der Mond stand am Himmel, und mein Leben ging langsam den Bach runter.

47

Am nächsten Tag saß ich im Büro, da ging ruckartig die Tür auf und Harry Sanderson stand mit seinen beiden Affen da. Diesmal trug er einen lila Anzug. In Farben hatte er wirklich einen sonderbaren Geschmack. Ich kannte mal eine, die trug auch lauter komische Farben. Wir brauchten nur in ein Restaurant zu kommen, da drehten sich schon sämtliche Köpfe nach ihr um. Das Problem war, daß sie nicht viel hermachte. Sogar verkatert und mit Dreitage-Bart sah ich noch besser aus als sie. Na schön, zurück zu Sanderson . . .
»Punk«, sagte er, »deine vierundzwanzig Stunden sind um. Drehst du immer noch an deinem Schniedel, oder hast du dich entschlossen?«
»Ich dreh noch an meinem Schniedel.«
»Also willst du jetzt den Red Sparrow oder nicht?«
»Doch, schon. Aber ihr Typen erinnert mich an die Kerle, die mal meine Tante in Illinois reingelegt haben.«
»Deine Tante? Was soll dieser Quatsch mit deiner Tante?«
»Sie hatte ’n undichtes Dach.«
»Ah ja?«
»Ja. Da sind solche Typen gekommen und haben ihr gesagt, sie würden das Dach reparieren. Sie hätten so ein Superdichtungsmittel. Sie mußte ihnen was unterschreiben und einen Scheck ausstellen, und dann sind sie raufgeklettert.«
»Wo rauf, Punk?«
»Aufs Dach. Sie haben alles mit Altöl vollgeschüttet und sind verschwunden. Als es das nächste Mal geregnet hat, ist alles durchgekommen. Der Regen mitsamt dem Öl. Hat ihr das ganze Haus versaut.«
»Was du nicht sagst, Belane. Da kommen mir ja richtig die Tränen. Aber jetzt reden wir mal Tacheles – willst du den Sparrow haben, oder sollen wir wieder gehn.«

»Ihr leiht mir zehn Riesen, ja? Die ich nicht mal in die Hand kriege. Und dafür berechnet ihr mir fünfzehn Prozent Zinsen im Monat. Habt ihr noch mehr so nette Angebote? Ich meine, sieh es doch mal so: Würdest du dich an meiner Stelle auf so einen mistigen Deal einlassen?«
Sanderson lächelte. »Belane, es gibt ein paar Dinge, für die ich dankbar bin, und eins davon ist, daß ich nicht du bin.«
Das entlockte seinen beiden Affen ein Schmunzeln.
»Schläfst du mit diesen Typen, Sanderson?«
»Schlafen? Was zum Kuckuck meinst du denn damit?«
»Schlafen. Augen zu. Heia machen. So in der Art.«
»Belane, dich sollte ich eigentlich so zurichten, daß du weniger als ein Furz in einer leeren Kirche bist.«
Seine beiden Affen kicherten.
Ich atmete tief durch. Irgendwie hatte ich das Gefühl, als würde mir gleich der Kragen platzen. Aber das geht mir oft so.
»Also, Sanderson, du sagst, ihr könnt mir den Sparrow liefern.«
»Ohne jeden Zweifel.«
»Na, dann leck mich mal.«
»Was??«
»Ich hab gesagt, du kannst mich mal.«
»Was ist los, Belane, drehst du langsam durch?«
»Yeah. Genau. So isses.«
»Moment mal . . .« Sanderson und seine beiden Affen steckten die Köpfe zusammen. Ich hörte sie flüstern und labern. Dann löste sich der Knäuel wieder.
Sanderson machte ein ernstes Gesicht. »Das ist aber deine letzte Chance, Punk.«
»Aha. Was denn?«
»Wir haben beschlossen, daß du den Vogel für fünf Riesen kriegst.«
»Drei.«

»Vier. Unser letztes Angebot.«
»Wo ist der Kaufvertrag?«
»Hab ich dabei . . .«
Er griff in die Innentasche seiner Jacke und warf ein paar Blatt Papier auf den Schreibtisch. Ich versuchte, das Zeug zu lesen. Es enthielt eine Menge juristisches Kauderwelsch. Ich sollte für ein Darlehen von Acme Executioners unterschreiben. Fünfzehn Prozent Zinsen im Monat. Soviel verstand ich. Und noch was . . .
»Da stehn ja immer noch zehn Riesen.«
»Ach, das haben wir gleich«, sagte Sanderson. Er schnappte sich die Papiere, strich die 10 durch und schrieb eine 4 hin. Er paraphierte die Änderung am Rand. Dann warf er mir alles wieder hin.
»So. Unterschreiben.«
Ich nahm einen Kugelschreiber. Und tat es. Unterschrieb das verdammte Ding.
Sanderson schnappte sich die Papiere und verstaute sie wieder in seiner Jacke.
»Besten Dank, Mr. Belane. Schönen Tag noch.«
Er und seine beiden Affen wandten sich zum Gehen.
»He«, sagte ich, »und wo bleibt der Red Sparrow?«
Sanderson blieb stehen und drehte sich zu mir um. »Ach so«, sagte er.
»Ja – *ach so!*«
»Wir treffen uns morgen nachmittag um zwei am Grand Central Market.«
»Wo denn da? Das Ding ist groß.«
»Beim Metzger. Vor den Schweinsköpfen. Da finden wir dich schon.«
»Schweinsköpfe?«
»Genau. Bis dann.«
Sie gingen. Ich saß da und starrte die Wände an. Ich hatte das ungute Gefühl, daß man mich reingelegt hatte.

48

Es war zwei Uhr nachmittags, und ich stand im Grand Central Market beim Metzger vor den Schweinsköpfen. Die leeren Augenhöhlen sahen mich an. Ich paffte an meiner Zigarre und starrte zurück. Es gab so vieles, was einen Menschen traurig stimmen konnte. Die Armen kochten sich Suppe mit diesen Schädeln.

Ich fragte mich, ob ich einer Finte aufgesessen war. Vielleicht ließen sich die Kerle gar nicht blicken.

Ein armer zerlumpter Hund kam auf mich zu. Ich sprach ihn an. »He, Kumpel, haste mal 'n Dollar für ein Bier? Mir hängt die Zunge bis in die Kniekehlen . . .«

Der elende Bastard drehte sich um und ließ mich stehen. Manchmal gab ich was, manchmal nicht. Je nachdem, wie sich morgens das Pflaster unter meinen Füßen anfühlte. Vielleicht. Wer konnte das schon wissen?

Tja, das Geld reichte eben nicht für alle. War nie anders gewesen. Warum sollte ausgerechnet ich das ändern können?

Da sah ich sie. Sanderson und seine zwei Affen. Sie kamen auf mich zu. Sanderson lächelte. Er trug etwas, das mit einem Tuch abgedeckt war. Sah aus wie ein Vogelkäfig. War es einer?

Dann standen sie vor mir. Sanderson schaute zu den Schweinsköpfen hin.

»Belane, sei froh, daß du kein Schweinskopf bist.«

»Wieso?«

»Weil ein Schweinskopf nicht ficken und Schokolade futtern und fernsehen kann.«

»Was ist das da unter dem Lumpen, Sanderson?«

»Was für dich, Baby. Wird dir gefallen.«

»Ganz bestimmt«, sagte der eine Affe.

»Yep«, sagte der andere.

»Sind die Typen auch mal *nicht* einer Meinung mit dir, Sanderson?«
»Nee. Das wär ihr Tod.«
»Wir wollen leben«, sagte der eine.
»Ein reifes Alter erreichen«, sagte der andere.
»Wie gesagt, Sanderson – was ist in dem Käfig da?«
»Ach, das ist nicht deiner. Der hier ist leer.«
»Ihr wollt mir einen leeren Käfig andrehen?«
»Der dient nur als Ablenkung, Belane.«
»Wozu braucht ihr ne Ablenkung?«
»Nur so zum Spaß. Wir machen uns gern einen Spaß.«
»Na prima. Und wo ist der richtige Käfig?«
»In deinem Auto. Auf dem Beifahrersitz.«
»In meinem Auto? Wie seid ihr denn . . .«
»Oh, wir verstehn uns auf so was, Belane.«
»Aber warum hast du gesagt, es wird mir gefallen?«
»Was denn?«
»Der Käfig da. Du hast mir gesagt, es wird mir gefallen, und deine zwei Fußabtreter haben dir zugestimmt.«
»Ach, so was machen wir gern. War nur so hingesagt.«
»Nur so hingesagt? Wann läßt du den Schmäh mal sein? Wann gehts denn mal um was Richtiges?«
»In deinem Auto, Belane. Beifahrersitz. Schau nach. Wir gehn jetzt. In dreißig Tagen sprechen wir uns wieder.«
Sie gingen und ließen mich mit den Schweinsköpfen allein.
Na schön. Ich setzte mich in Bewegung und ging Richtung Parkplatz. Unterwegs stieß ich auf einen Süffel, der mit hängendem Kopf an einer Mauer lehnte. Die Fliegen hatten ihn in der Mangel. Ich blieb stehen und stopfte ihm einen Dollarschein in die Hemdtasche.
Dann war ich auf dem Parkplatz. Ich ging zum Auto, und als ich einstieg, sah ich den abgedeckten Käfig. Ich vergewisserte mich, daß alle Fenster zu waren. Dann holte ich tief Luft und zog das Tuch herunter. Ein Vogel saß drin. Ein

roter. Ich sah ihn mir näher an. Es war kein Spatz. Es war ein rot gefärbter Kanarienvogel. Hmm. Au. Oh.
Sie hätten einen Spatz rot färben können. Aber nein, sie mußten einen gottverdammten Kanarienvogel nehmen. Und ich konnte ihn nicht fliegen lassen. Er wäre da draußen verhungert. Ich mußte ihn behalten. Ich war geleimt.
Und geneppt.
Ich warf den Motor an und fuhr los, schaffte sämtliche Ampeln und erreichte schließlich den Freeway. Ich hörte ein schwaches Geräusch. Die Käfigtür war aufgegangen, und der Vogel war entwichen. Er flatterte aufgeregt durchs Wageninnere. Der rote Kanarienvogel. Ein Typ in der Spur neben mir sah es und lachte mich aus. Ich zeigte ihm den Finger. Seine Miene verdüsterte sich. Ich sah, wie er nach etwas griff. Er kurbelte sein Fenster runter und richtete die Waffe auf mich. Aber er war ein schlechter Schütze. Er verfehlte mich. Doch den Wind von der Kugel spürte ich, dicht vor der Nase. Der Vogel flatterte hektisch herum, und ich gab Vollgas. In jedem Fenster war ein Loch. Ein Einschuß- und ein Ausschußloch. Ich schaute nicht zurück. Ich hatte das Gaspedal bis zum Boden durchgetreten und ließ es da, bis ich zu meiner Ausfahrt kam. Dann schaute ich nach hinten. Der Kerl war nicht mehr da. Plötzlich spürte ich was. Der Vogel hatte sich auf meinen Kopf gesetzt. Und dann ließ er was fallen. Ich spürte es naß und warm auf der Kopfhaut.
Kein besonders guter Tag.
Nein, das war kein guter Tag für mich gewesen.

49

Ich glaube, es war Mittwoch, als ich wieder im Büro war. Neue Aufträge gab es nicht. Ich war immer noch hinter der Geschichte mit dem Red Sparrow her, brütete darüber und überlegte mir den nächsten Schritt. Der einzige Schritt, der mir einfiel, war: Verschwinde aus der Stadt, eh die fünfundzwanzig Tage um sind.

Nein, niemals. Die würden meinen Arsch nicht aus Hollywood verjagen. Ich *war* Hollywood. Oder was davon noch geblieben war. Jemand klopfte sehr höflich an die Tür.

»Yeah«, sagte ich, »nichts wie rein.«

Die Tür ging auf, und ich sah einen schmächtigen Kerl, ganz in schwarz. Schwarze Schuhe, schwarzer Anzug, schwarzes Hemd. Nur seine Krawatte war grün. Limonengrün. Hinter ihm dräute sein Gorilla. Nur daß Gorillas mehr Hirn haben.

»Ich bin Johnny Temple«, sagte er, »und das ist mein Assistent Luke.«

»Luke, eh? Und was macht der?«

»Alles, was ich ihm sage.«

»Warum sagen Sie ihm nicht, er soll verschwinden?«

»Was ist, Belane, mögen Sie Luke nicht?«

»Muß ich denn?«

Luke machte einen Schritt nach vorn. Sein Gesicht bekam einen verquälten Ausdruck, als würde er gleich losflennen.

»Du kannst mich nicht *leiden,* Belane?«

»Luke, du hältst dich da raus«, sagte Temple.

»Ja, halt dich da raus«, sagte ich.

»Kannst du mich leiden, Johnny?« fragte Luke.

»Na klar, na klar! So, jetzt stell dich da an die Tür und laß keinen rein oder raus.«

»Dich auch nicht?«

»Wie meinst du das, Luke?«

»Dich auch nicht rein- oder rauslassen?«

»Nein, mich läßt du rein und raus. Aber sonst keinen. Außer, ich sag es dir.«

»Okeh.«

Luke stellte sich an die Tür. Temple zog sich einen Stuhl heran und setzte sich.

»Ich komme von Acme Executioners und soll Sie instruieren. Harold Sanderson, unser Vertreter . . .«

»Vertreter? Den Kerl nennt ihr einen Vertreter?«

»Er ist einer unserer besten.«

»Muß er wohl sein«, gab ich zu. »Sehn Sie sich das mal an!« Ich zeigte auf den Käfig, der in der Ecke hing. Mit dem Kanarienvogel drin.

»Den hat er mir angedreht«, sagte ich.

»Harry könnte einem Toten noch ne neue Haut verkaufen« , sagte Temple.

»Hat er wahrscheinlich auch schon«, sagte ich.

»Das tut jetzt nichts zur Sache. Ich habe Sie kurz ins Bild zu setzen.«

»Na los, aber machen Sie's kurz.«

»Sie sind nicht witzig, Belane. Wir haben Ihnen vier Riesen geliehen, mit fünfzehn Prozent Zinsen im Monat. Das sind sechshundert Dollar. Wir wollen sichergehen, daß Sie alles richtig verstehen, ehe wir kassieren kommen.«

»Und wenn ich die Knete nicht hab?«

»Wir kommen immer zu unserem Geld, Mr. Belane. So oder so.«

»Brecht ihr den Leuten die Beine, Temple?«

»Unsere Methoden sind flexibel.«

»Angenommen, sie ziehn nicht? Würdet ihr einen umlegen lassen? Wegen vier Riesen plus Zinsen?«

Temple zog eine Packung Zigaretten heraus, nahm sich eine und zündete sie mit seinem Feuerzeug an. Er inhalierte langsam und blies den Rauch von sich.

»Belane, Sie langweilen mich.«
Dann sagte er über die Schulter: »Luke ...«
»Ja, Johnny?«
»Siehst du den Vogel da in dem Käfig?«
»Ja, Johnny.«
»Geh da rüber, hol den Vogel aus dem Käfig und iß ihn.«
»Is gut, Johnny.«
Luke ging auf den Käfig zu.
»Herrgott, Temple, halten Sie ihn zurück!« schrie ich. »Halten Sie ihn auf!«
»Luke«, sagte Temple, »ich hab mirs anders überlegt. Ich will nicht, daß du den Vogel ißt.«
»Soll ich ihn erst braten, Johnny?«
»Nein, laß ihn einfach. Stell dich wieder an die Tür.«
»Ja, Johnny.«
Temple sah mich an. »Sehen Sie, Belane? Wir müssen zu unserem Geld kommen. Egal wie. Wenn es mit einer Methode nicht klappt, nehmen wir eine andere. Wir müssen im Geschäft bleiben. Wir sind stadtbekannt. Unser Ruf ist überall anerkannt. Nichts und niemand darf diesen Ruf beschädigen. Ich möchte, daß Ihnen das restlos klar ist.«
»Ich glaub, ich hab kapiert, Temple.«
»Schön. Ihre erste Zahlung ist in fünfundzwanzig Tagen fällig. Sie sind hiermit instruiert.«
Er stand auf und lächelte. »Schönen Tag noch«, sagte er und wandte sich zum Gehen.
»All right, Luke, mach die Tür auf. Wir gehen.«
Luke tat es. Temple drehte sich noch einmal um und bedachte mich mit einem letzten Blick. Er lächelte jetzt nicht mehr. Dann waren die beiden verschwunden.
Ich ging zum Käfig rüber und betrachtete den Kanarienvogel. An manchen Stellen ging die rote Farbe ab, und das ursprüngliche Gelb kam wieder durch. Ein niedlicher Vogel. Wir sahen uns an. Er gab ein kleines »Tschilp« von

sich, und irgendwie fühlte ich mich dabei richtig gut. Ich war leicht zufriedenzustellen. Das Problem waren die anderen. Der Rest der Welt.

50

Ich beschloß, nach Hause zu fahren und einiges zu trinken. Ich mußte nachdenken. Ich kam nicht weiter. Mit dem Red Sparrow nicht, und mit meinem Leben auch nicht. Ich fuhr also rüber, parkte die Karre, stieg aus. Dieses Apartment mußte ich allmählich loswerden. Ich wohnte schon fünf Jahre drin. Als würde man ein Nest bauen, obwohl es nichts auszubrüten gibt. Zu viele Leute wußten inzwischen, wo ich wohnte. Ich ging zur Tür und schloß auf, und als ich sie aufdrücken wollte, war etwas im Weg. Ein Körper. Eine Braut, die ausgestreckt am Boden lag. Nein, zum Teufel, es war eine dieser aufblasbaren Gummipuppen, mit denen es manche Kerle treiben. Aber nicht ich, Kumpel.

Die Braut war prall aufgeblasen. Ich hob sie auf und legte sie auf die Couch. Erst jetzt fiel mir auf, daß sie einen Zettel um den Hals hatte: »Belane, laß die Finger vom Red Sparrow, oder du bist toter als diese tote Fickliese aus Gummi.«

Reizende Nachricht. Ich hatte also Besuch gehabt. Jemand wollte nicht, daß ich mich um den Fall kümmerte. Das gab mir Hoffnung. Den Red Sparrow mußte es wirklich geben, sonst würden sich diese Leute nicht so aufführen. Ich mußte nur noch die Fährte aufnehmen. Es mußte eine geben, denn man fand zu viele Kratzspuren. Vielleicht war ich hinter etwas Großem her. Womöglich international. Vielleicht was aus einer anderen Welt. Der Red Sparrow. Donnerwetter, das

wurde langsam interessant. Ich mixte mir einen Drink und genehmigte mir einen Schluck. Da klingelte das Telefon. Ich nahm ab.
»Ja?«
»Pupser, was machst'n so?«
Mir lief es kalt den Buckel runter. Es war Penny, eine meiner Ex-Frauen. Vor fünf Jahren, nach unserer Scheidung, war sie verschwunden mit einem Typ namens Sammy, der in Las Vegas an den Spieltischen arbeitete. Seitdem hatte ich nichts mehr von ihr gehört.
»Tut mir leid, Madam. Falsche Nummer.«
»Ich kenn doch deine Stimme. Wie gehts, Pupser?«
Das war ihr Spitzname für mich. Natürlich vollkommen grundlos.
»Beschissen«, sagte ich.
»Du brauchst Gesellschaft.«
»Nee.«
»Du hast nie gewußt, was du brauchst, Pupser.«
»Kann sein. Aber ich weiß, was ich nicht brauche.«
»Ich komm gleich zu dir rauf.«
»A-ah.«
»Ich ruf von unten aus'm Foyer an.«
»Wo ist denn Sammy?«
»Wer?«
»Sammy.«
»Ach, der . . . Paß auf, ich komm jetzt rauf.«
Penny legte auf. Ich fühlte mich so elend, als hätte man mich mit Scheiße vollgeschmiert. Ich trank mein Glas aus und machte mir noch einen Drink. Dann kam das Klopfen. Ich machte auf, und da stand sie – fünf Jahre älter und dreizehn Kilo schwerer. Sie hatte ein gräßliches Lächeln im Gesicht.
»Freust dich, mich zu sehn?« fragte sie.
»Komm rein«, sagte ich. Wir gingen ins Wohnzimmer.
»Gibst du mir was zu trinken, Pupser?«

»Mhm . . .«
»He, was'n das da?«
»Was?«
»Das Gummiding. Das Weib da.«
»Das ist ne aufblasbare Puppe.«
»Machst du's mit der?«
»Bis jetzt noch nicht.«
»Wieso liegt sie da?«
»Keine Ahnung. Da hast'n Drink.«
Penny schubste die Puppe von der Couch und setzte sich mit ihrem Drink. Sie trank einen ordentlichen Schluck.
»Du hast mir gefehlt, Pupser.«
»Was hat dir gefehlt?«
»Ach, so Kleinigkeiten.«
»Zum Beispiel?«
»Hm, fällt mir im Moment nicht ein.«
Sie trank ihr Glas aus und lächelte verlegen.
»Ich brauch Geld, Pupser. Sammy ist abgehauen mit allem, was ich hatte.«
»Penny, ich bin verschuldet. Bei einem Typ, der mir den Arsch aufreißt, wenn ich nicht die Zinsen für ein Darlehen berappe.«
Ich ging in die Küche und kam mit zwei neuen Drinks zurück.
»Bloß 'n bißchen was, Pupser.«
»Herrgott, ich hab nichts.«
»Ich blas dir auch einen. Weißt du noch, wie gut ichs dir immer gemacht hab?«
»Schau her, alles was ich hab, ist ein Zwanziger. Da . . .«
Ich fischte den Schein raus und gab ihn ihr.
»Danke . . .«
Sie verstaute das Geld in ihrer Handtasche. Wir saßen da und nippten an unseren Drinks.
»Wir hatten auch gute Zeiten miteinander«, sagte sie.

»Am Anfang, ja.«
»Ich weiß nicht, irgendwann isses deprimierend geworden.«
»Hör zu, wir haben uns scheiden lassen, weil wirs nicht gepackt haben.«
»Ja, ja«, sagte sie. »Du fickst doch nicht dieses Ding da, oder?«
»Nee. Jemand hat es liegenlassen.«
»Wer?«
»Weiß nicht. Jemand, der mir eins auswischen will.«
»Soll ich dir einen blasen?«
»Nein.«
»Kann ich ne Weile bleiben und was trinken?«
»Wie lang?«
»Zwei Stunden.«
»Meinetwegen.«
»Danke, Pupser.«

Als sie ging, war sie ziemlich betrunken. Ich gab ihr noch einen Zwanziger fürs Taxi. Sie sagte, sie hätte nicht weit.
Als sie fort war, saß ich eine Weile da, dann griff ich mir die Gummipuppe und setzte sie neben mich auf die Couch. Ich trank einen Wodka-Tonic. Es war ein stiller Abend. Ein stiller Abend in der Hölle. Während die Erde qualmte wie ein vermoderter Baumstamm voll Termiten.

51

Man macht sich keine Vorstellung, wie schnell fünfundzwanzig Tage vergehen, wenn man nicht will, daß sie vergehen.

Ich saß im Büro, als die Tür aufging und Johnny Temple erschien. Er hatte diesmal *zwei* Affen dabei.
»Acme Executioners«, sagte er. »Wir kommen kassieren.«
»Ich hab das Geld nicht, Johnny.«
»Sie haben die Sechshundert nicht?«
»Ich hab nicht mal sechzig.«
Johnny seufzte. »Dann müssen wir ein Exempel statuieren.«
»Was? Wollt ihr mich zusammenschlagen wegen mickrigen sechshundert Dollar?«
»Nicht zusammenschlagen, Belane. Erledigen.«
»Das glaub ich nicht.«
»Uns egal, was du glaubst«, sagte einer der beiden Affen.
»Yeah«, meinte der andere.
»Also jetzt mal langsam, Johnny«, sagte ich. »Ihr wollt mich erledigen wegen sechshundert Dollar, die ich für ein Darlehen von vier Riesen schulde? Ein Darlehen, das ich nie zu sehen gekriegt hab, weil es purer Nepp war? Und den Red Sparrow habt ihr mir auch nicht geliefert. Was macht ihr denn mit Typen, die euch große Summen schulden? Legt die doch um. Warum mich?«
»Tja, das ist so, Belane: Wir erledigen Sie, weil Sie uns Peanuts schulden. Das spricht sich herum. Und die, die uns große Summen schulden, kriegen es mit der Angst. Wenn wir mit Ihnen so was machen, wegen fast nichts, dann wird denen schlagartig klar, was ihnen blühen kann. Alles klar?«
»Ja«, sagte ich, »schon kapiert. Aber wir reden hier von meinem Leben, verstehn Sie. Es ist nicht so, als käm es darauf nicht an.«
»Tut es aber nicht«, sagte Johnny. »Wir führen ein Geschäft, und bei Geschäften kommt es nur auf den Profit an.«
»Ich kann nicht glauben, was hier läuft«, sagte ich und zog langsam die Schublade meines Schreibtischs auf.

»Halt!« sagte einer der Affen. Im nächsten Augenblick stand er neben mir und bohrte mir den Lauf einer Luger ins Ohr. »Her mit der Knarre!«
Er nahm meine Kaliber-32 an sich.
»Für einen Fettsack bist du ziemlich schnell«, sagte ich.
»Yeah«, meinte er lächelnd.
»Also, Belane«, sagte Temple, »dann machen wir jetzt mal eine kleine Spritztour.«
»Aber doch nicht am hellen Tag!«
»Doch, dann können wir Sie auch besser sehen. Los, aufstehen!«
Ich stand auf, und die zwei Affen nahmen mich zwischen sich. Temple ging hinter uns. Wie verließen das Büro und gingen den Flur runter zum Lift. Ich machte den Arm lang und drückte auf den Knopf.
»Danke, Punk«, sagte Johnny.
Der Lift kam. Die Falttüren öffneten sich. Leer. Sie stießen mich rein. Abwärts. Mulmiges Gefühl. Erdgeschoß. Foyer. Wir gingen raus auf die Straße. War belebt. Überall Leute. Ich überlegte, ob ich schreien sollte. He, die Typen wollen mich umlegen! Aber ich hatte Angst, daß sie's dann gleich an Ort und Stelle tun würden. Also ging ich mit. Es war ein herrlicher Tag.
Wir standen neben dem Wagen. Die beiden Affen setzten sich mit mir in der Mitte auf den Rücksitz. Johnny Temple klemmte sich hinters Lenkrad und fuhr los.
»Das ist doch alles ein sinnloser schlechter Traum«, sagte ich.
»Es ist kein Traum, Belane«, sagte Temple.
»Wo bringt ihr mich hin?«
»Griffith Park. Zu nem kleinen Picknick. Auf einem von den abgelegenen Pfaden. Ganz isoliert und privat.«
»Wie könnt ihr Scheißtypen so eiskalt sein?« fragte ich.
»Ist ganz leicht«, sagte Johnny. »Wir sind schon so geboren.«

»Yeah«, lachte einer der Affen.
Wir fuhren. Ich konnte es immer noch nicht fassen. Vielleicht würde es doch nicht passieren. Vielleicht sagten sie mir im letzten Moment, daß alles nur ein Scherz gewesen war. Daß sie mir nur eine Lektion erteilen wollten. Irgendwas in der Art.
Schließlich waren wir da. Johnny parkte.
»All right, bringt ihn raus, Jungs. Wir machen einen kleinen Spaziergang.«
Einer der Affen zerrte mich seitwärts aus dem Wagen. Dann packten mich beide unter den Armen. Johnny folgte uns. Wir kamen auf einen alten Reitweg, der seit langem nicht mehr benutzt wurde. Er war teilweise von Gestrüpp überwuchert, und durch die überhängenden Zweige der Bäume drang kaum ein Sonnenstrahl.
»Hört mal, Jungs, das reicht jetzt«, sagte ich. »Sagt mir, daß es bloß ein Witz war, und dann gehn wir alle irgendwo was trinken.«
»Es ist kein Witz, Belane. Sie sind fällig«, sagte Johnny.
»Wegen sechshundert Dollar? Das kann ich nicht glauben. Ich kann nicht glauben, daß es auf der Welt so zugeht.«
»Tut es aber. Wir haben Ihnen den Grund gesagt. Gehn Sie weiter«, sagte Johnny.
Wir gingen weiter. Dann sagte Johnny: »Das sieht nach einer guten Stelle aus. Drehn Sie sich um, Belane.«
Ich drehte mich um und sah die Waffe in seiner Hand. Er drückte ab. Viermal hintereinander. Die Kugeln gingen mir in den Bauch. Ich fiel platt aufs Gesicht, aber es gelang mir, mich auf den Rücken zu wälzen.
»Na vielen Dank, Temple«, brachte ich grade noch heraus.
Die drei gingen weg.
Ich muß wohl das Bewußtsein verloren haben. Als ich wieder zu mir kam, wußte ich, daß ich nicht mehr lange hatte. Ich verlor eine Menge Blut.

Auf einmal war mir, als hörte ich Musik. Eine Musik, wie sie mir noch nie zu Ohren gekommen war. Und dann passierte es.

Vor meinen Augen erschien etwas und nahm Gestalt an. Es war rot. Aber ein Rot, wie ich es noch nie gesehen hatte. Das war er also.

DER RED SPARROW.

Gigantisch. Strahlend. Schön. Nie hatte es einen gegeben, der so groß war, so real, so prachtvoll.

Er stand vor mir, und plötzlich erschien neben ihm noch etwas. Lady Death. Die hatte auch nie schöner ausgesehen.

»Belane«, sagte sie, »du hast dich ja übel aufs Kreuz legen lassen.«

»Ich kann nicht viel reden, Lady ... Sag mir schnell, was da war.«

»Dein John Barton ist ein schlauer Mensch. Er hat geahnt, daß der Red Sparrow wirklich existiert und irgendwo sein muß. Und daß du ihn finden wirst. Jetzt hast du ihn gefunden. Die meisten andern – Deja Fountain, Sanderson, Johnny Temple – waren Betrüger, die dich reinlegen und ausnehmen wollten. Du gehörst mit Musso's Restaurant zum letzten Rest des alten Hollywood – des unverfälschten Hollywood –, da kam ihnen der Gedanke, daß du steinreich sein könntest.«

Ich lächelte in mich hinein.

»Lady, und was sollte die aufgepumpte Puppe in meiner Wohnung?«

»Die? Das war der Briefträger. Er hat mitgekriegt, daß du auf den Red Sparrow angesetzt bist, und wollte sich noch schnell für die Abreibung revanchieren, die du ihm verpaßt hast. Er hat deine Tür aufgebrochen und dir das Ding hingelegt.«

»Und was jetzt, Lady?«

»Ich überlaß dich dem Red Sparrow. Da bist du gut aufgehoben. Wiedersehn, Belane. Es hat Spaß gemacht.«
»Yeah ...«
Ich war allein mit dem gigantischen, strahlenden Vogel, der vor mir stand.
Das kann nicht wahr sein, dachte ich. So soll es doch nicht passieren. Nein, nicht so.
Der Vogel öffnete langsam den Schnabel. Eine riesige Leere tat sich vor meinen Augen auf. Und darin bildete sich ein ungeheurer gelber Strudel. Dynamischer als die Sonne. Unvorstellbar.
Nein, dachte ich wieder, so passiert es doch nicht.
Der Schnabel war jetzt weit offen. Der Kopf des Vogels kam auf mich herunter, und das lodernde, gleißende Gelb rauschte über mich weg und hüllte mich ein.

Charles Bukowski

Jeder zahlt drauf

Stories

Titel der Originalausgabe: *Septuagenarian Stew*
Aus dem Amerikanischen von Carl Weissner
Gebunden

In diesen neuen Stories von Charles Bukowski sind sie alle wieder da – die frühreifen Jungs, die jämmerlichen Säufer, die unproduktiven Dichter und die abgetakelten Frauen ... Ein Zug durch Bukowskis Welt.

Kiepenheuer & Witsch

Charles Bukowski
Kamikaze-Träume

Gedichte

Titel der Originalausgaben: *The Roominghouse Madrigals. Early Selected Poems 1946-1966. Septuagenarian Stew. Stories and Poems.* (Auswahl)
Aus dem Amerikanischen von Carl Weissner

KiWi 360
Originalausgabe

In dieser Sammlung von Gedichten sind in zwei Teilen frühe und späte Gedichte von Charles Bukowski reizvoll kontrastierend zusammengestellt.

KiWi Paperbackreihe bei Kiepenheuer & Witsch

E. L. Doctorow
Das Wasserwerk
Roman

Titel der Originalausgabe: *The Waterworks*
Aus dem Amerikanischen von Angela Praesent

Leinen

Vor dem Hintergrund eines furiosen Zeitgemäldes erzählt E. L. Doctorow die Geschichte des jungen Journalisten Martin Pemberton, der 1871 in New York in ein gespenstisches Abenteuer gerät. Mit Elementen des Detektiv- und Schauerromans durchwoben, zeigt dieser spannende Roman E. L. Doctorows literarische Meisterschaft.

Kiepenheuer & Witsch

Reg Gadney
Totzeit
Roman

Titel der Originalausgabe: *Just when we are safest*
Aus dem Englischen von Birgit Lamerz-Beckschäfer
Leinen

Ein tödlicher Anschlag auf eine Polizistin und ein Bombenattentat erschüttern London. Bei der Aufklärung der Terrorakte sieht sich Alan Rosslyn, Mitglied einer Sondereinheit, nicht nur einer kaltblütig agierenden Terroristin gegenüber, sondern auch Korruption und Verrat innerhalb der britischen Geheimdienste. Dieser spannende Thriller fesselt durch eine außergewöhnliche Handlung und die bitterböse Darstellung der zwielichtigen Welt der Geheimdienste.

Kiepenheuer & Witsch

Don DeLillo
Die Namen

Roman

Titel der Originalausgabe: *The Names*
Aus dem Amerikanischen von Matthias Müller
Gebunden

In diesem ungewöhnlichen und mit thrillerhaften Elementen versehenen Roman erzählt Don DeLillo die Geschichte des Amerikaners James Axton, der als Versicherungsagent im Nahen Osten arbeitet. Er fühlt sich herausgefordert, um eine Reihe ritueller Morde aufzuklären, die mit einer geheimnisvollen Gruppe von Menschen, *Die Namen*, in Verbindung gebracht werden.Ein spannungsvoller, brillant geschriebener Roman.

Kiepenheuer & Witsch

Larry Beinhart
American Hero

Roman

Titel der Originalausgabe: *American Hero*
Aus dem Amerikanischen
von Jürgen Bürger und Peter Torberg
Gebunden

Ein ungewöhnlicher, hochspannender Politthriller, der ernsthafte Zweifel am offiziellen Bild des Golfkriegs aufwirft und zugleich eine Satire der politischen Machtverhältnisse nicht nur in den USA.